“毕业季·诗歌季”作品选

中华诗词研究院　编

序　　言

为贯彻落实习近平总书记系列重要讲话精神和中央文件精神，继续促进诗词文化的传承、发展和繁荣，助力增强文化自信，助推民族复兴，中华诗词研究院面向全社会，于2016年、2017年开展了两届“毕业季·诗歌季”活动。

2016年，中华诗词研究院联合众多网络媒体，推出中华诗词网络平台创新品牌活动之“毕业季·诗歌季”文化活动。活动旨在为广大诗词爱好者在互联网上打造一个新的互动平台，供大家以诗为媒，交流情感、陶冶情操、分享艺术、感悟生活。活动的举办受到了社会的关注和诗歌爱好者的欢迎，产生了较好的社会影响。

2017年的活动方式在2016年的基础上，又有创新，首先是采取“互联网+”方式，网上为主，线上线下结合；其次，活动以“校园”为题材，不拘于表达毕业情感，重在面向全社会，唤起诗心；其三，邀请高校诗社和社会诗歌组织参与，并召开第二届全国部分诗社负责人座谈会；其四，以邀请诗词名家、青年诗人创作校园题材作品为主，同时鼓励诗友投稿参与；其五，全面整理以“毕业”“校园”为题材的优秀诗歌作品，在网站、微信平台和诗歌刊物上刊发。

为此， 中华诗词研究院特别成立以院长袁行霈先生为主任的活动组委会，成员包括屠岸、叶嘉莹、刘征、程毅中、杨金亭、梁东、林岫、周笃文、郑伯农、白少帆、赵仁珪、李文朝、罗辉、孙霄兵、王兆鹏和杨志新等十六人。

两届"毕业季·诗歌季"活动得到了社会各界的广泛关注，尤其是2017年的活动，截止到是年9月中旬，共收到新诗与传统诗词逾四千首。我们择优编辑制作了二十五期专题微信与网文，其中部分作品已转载于《中华书画家》《中华辞赋》等媒体。现再将两届活动中涌现的优秀作品编辑成集，以志盛况并供诗友们赏读、交流。

令人痛惜的是，在本书编辑过程中，此次活动组委会成员、著名诗人、诗歌翻译家、中华诗词研究院顾问、中央文史馆馆员屠岸先生于2017年12月病逝！在此，我们仅以此书的出版，表达对屠老深深的敬意与缅怀。

中华诗词研究院

目 录

“毕业季 · 诗歌季”作品选

校园新歌

诗社缀英

目 录

组诗萃华

“毕业季 · 诗歌季”作品选

2016年“毕业季 · 诗歌季”优秀作品

青春韵语

哈工大国防生毕业歌

佟领

四年学成辞哈工，松花江畔漾秋风。
天涯一去无穷已，校尉三军万里征。
国之重托记心上，科技强兵立战功。
工大恩师多珍重，从戎学子戍长城。

离别母校三十年感怀

郭向阳

挥手匆忙离校园，不觉沧桑三十年。
艰辛奋进齐发力，刻苦拼搏共向前。
难忘师长谆厚教，常梦同窗俊秀颜。
青山踏遍人未老，满怀豪情天地翻。

离愁

刘钊

心悲疑月冷，踵重叹泥深。
坐伴湘江水，垂怜酷暑霖。
潇湘东岸雨，幽朔北原侵。
泪引天公泣，离愁后土衾。

为高三赋壮词

彭焘

莫笑千均轻一发，十年辛苦为何尤。
英雄凭梦追豪迈，共饮长江绝海流。

献给参加中考的固城中学毕业生

红楼赏梅

十年辛苦坐寒窗，继晷焚膏日夜长。
文曲星君多庇佑，蟾宫来赏桂枝香。

题女儿硕士毕业照

邵红霞

廿载攻书学始成，幽兰气质自然清。
生涯乐在安恬里，莫肯高枝振翅鸣。

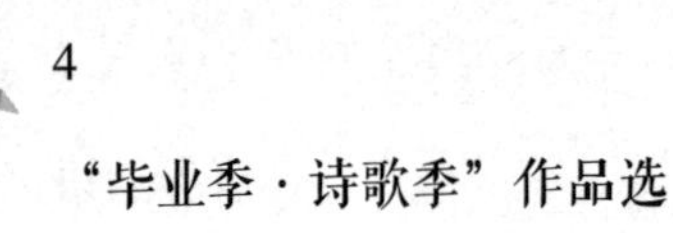

师范毕业三十五周年同学聚会感怀

墨流

酌送金兰后，愔然卅五秋。
青丝濡教苑，白发伴清悠。
把酒当朝事，临风往日遒。
何时重聚首，百岁再相酬。

毕业照

风来风往 9

天南地北各飘零，旧照新翻一框情。
多少窗前桌后事，霜丝伴我笑中听。

原徐师外语系七四级同学毕业四十周年聚会有感

郁州翁

今年是原徐师外语系七四级学员毕业四十周年，5 月 3~6 日在江苏连云港和淮安两地举行聚会。其间游览了海上云台山，参观周总理纪念堂、故居，淮安府衙旧址等景点和文物，然后在淮安相互作别，为纪此事，作诗一首。

一别彭城四十春，苍梧岭下喜迎宾。
银丝霜鬓同携手，绿水青山共洗尘。
海上云台披雨雾，淮安府署觅殷辚。

柳枝又折长亭外，贮酒千坛待故人。

注：苍梧岭下，连云港云台山，古称郁洲山，又称苍梧山。殷辚，象声词，古车轮滚动声。柳枝又折，汉朝长安，凡送客至灞桥，常折柳枝相赠，后用来代指送别。例“折柳赠相知”。长亭，古时于道路每隔十里设长亭，故亦称“十里长亭”，供行旅停息。近城者常为送别之处。

致高考毕业生

宋班胜

日轮滚滚少催青，弹指挥间飞老鹰。
桃李温馨一杯酒，校园冷暖十年灯。
坚持不懈四垂壁，奋斗有恒三折肱。
莫等芦花头已白，深秋枉作空枯藤。

减字木兰花·写在毕业季

晴儿

校园踯躅，一似初来芳草绿。京洛烟尘，到转身时竟也亲。
寻常千日，早作年轮深自刻。珍重声声，此夜星芒照远行。

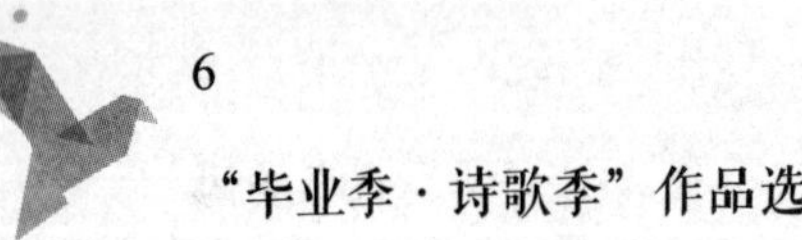

江城子 · 送毕业学子

素月分辉

满园翠色掩红楼，晓风悠，碧波柔。又是一年，挥手送翔鸥。荏苒书窗多少忆，情眷眷，语难收。

谆言应在耳边留，少年游，壮怀酬。莫负师恩，沧海竞风流。廿载光阴杳杳去，登高处，再回眸。

沁园春 · 巴彦一中高三十五班毕业五十年同学会感怀

长铁归客

七十春秋，五十韶光，几许白头。看苏城旧地，当年别后；一中黉舍，今日重游。几棵苍榆，数行新柳，教室如今变大楼。相逢后，涌无边思绪，万缕乡愁。

回眸往事难休。老三届，雄心总未酬。恰羊亡牢补，马丢途识；学荒志在，文废诗留。毕竟功成，终能有获，致仕今来得自由。同擎酒，把松江喝尽，再叙风流。

采桑子 · 中考生心语

宫守习

其一

雏鹰展翅翔天宇，羽翼飞扬。宏志飞扬，岂怕前程风雨狂？

厉兵秣马图强日，汗水飘香。成果飘香，准备充足心不慌。

其二

人生起步豪情壮，心内阳光。笔下阳光，考场从容笔力昌。
寒窗九载艰辛度，辛苦爹娘。告慰爹娘，报效双亲有主张。

喝火令·仲夏同学相逢于伊春美溪区回龙景区

桑榆唱晚

岫叠松衣翠，川潺玉带长。大山深处拥同窗。多少梦思笺约，今日诉衷肠。
倚栈聆心语，拈花忆学堂。一杯家酒爱无疆。拣墨吟乡。拣墨赋流觞。拣墨夜观篝火，皓月暖青裳。

有感于母校变成档案馆

蔡樵松

校舍荒芜久复尘，经年重迓一归人。
不知故事早存档，似幻回眸又似真。

致高考落榜生

何方明

青年奋发莫悲歌，榜上无名鹏路多。
风雨人生当砺志，宝刀一口待横磨。

毕业寄语（外一首）

行吟

来时满目紫荆红，别日凤凰燃碧空。
学海撑船一篙力，书山登顶十年功。
鲲鹏欲上开金翅，桃李犹期唱大风。
相送含情天际望，霞光遍染绿茏葱。
——祝所带班级的全体同学鹏程万里，前程似锦！

致高考考生及家长

寒窗灯火十余春，风雨谁知父母心。
门外岐江长伴读，楼前小树渐成阴。
青春何惧书途远，白首犹怜学海深。
遥望凤凰花绚处，微风有意送佳音。

端午同学聚会

寒江孤篷

恰逢端午聚同窗，肴品膏粱酒品香。
持蟹嚼出海辽远，衔杯吞下月清凉。
唾飞未少云中梦，额皱偏多鬓上霜。
醉里渐觉情漫漶，溯洄谁在水中央？

侄女大学毕业有寄

九门提督

乌帽簪麟笔，谁家女翰林？
读书成学霸，结业动归心。
沽水流霞远，津门梦雨深。
轻轻一挥手，别意忽盈襟。

三湖同学会

孙复元

榴红初夏日，绿柳映三湖。
五秩分离恨，六旬岁月孤。
相逢追旧影，把酒话苍梧。
莫道残阳老，风光入画图。

浣溪沙·同学会

广陵人

万里桥西碧水流，海棠窈窕缀枝头。挥杯畅叙浣花楼。
五载峥嵘情谊重，三春缱绻岁华稠。夕阳弄影笛声悠。

鹧鸪天 · 京华访老同学张庆会

张玉璞

六月京华滴翠风，同窗白发念思中。校园情谊堪长久，佳作援帮惠意浓。

思往事，忆攀峰。名庠文革毁佳容。诗文拓路相携手，不负苍天傲碧穹。

庆会是我中学同学，也是四平市知名作家。当年我们都以优异成绩考取了四平师专(吉林师范大学)附属中学。后因“文革”等原因大家各奔东西，相继就业。由于孩子都在北京工作，今日闲暇相聚偶感。

高考后的遐想

萤窗夜话

考罢离场万虑消，飘茵堕溷任影影。
寒窗久有题桥志，月殿情知折桂寥。
失意孙山重抖擞，扬名金榜再熔陶。
成才非是拘一格，应信行行出骏骁。

鹧鸪天 · 为富二中初69级同学聚而歌

杨富秋

六九年前求学风，吹融您我记心中。 岚诗往事掀红浪[①]，祥翅今情飞碧空[②]。

青草地，展欢容，深情久别特呈浓。 荧屏美酒飘香至，国丙同余遥举盅[3]。

注：①邓晓岚的诗歌《往事》。②赵永祥在草地上展臂斯卡。③杨国丙（三班长）和我因有事未参加。

同学相逢

钟智

卅载飘零久，重逢杏雨天。
葛衣羞见汝，囊袋愧无钱。
莫语将来事，唯思旧日缘。
杯倾灯瘦尽，归去两扶肩。

幼儿拍毕业照（外一首）

李秋菊

碧草繁花彩蝶翩，孩童雀跃乐翻天。
托腮嘟嘴千般俏，留待他朝忆幼年。

题女儿职校毕业照

丽日和风柳似烟，裁开细叶衬红莲。
鹅腮凤眼婷婷立，胜却人间四月天。

注：大女儿读的高铁乘务员，毕业照穿的是红色套装。

毕业班会（外一首）

吴江

碧树窗前立，征鸿天际望。
骊歌终一曲，别泪复千行。
执手朝而暮，登程短更长。
倾杯敬师友，共醉此时光。

【中吕宫 · 山坡羊】毕业照

园中花俏，枝头莺叫，流连学校林荫道。老师叨，学生娇，看谁流泪看谁笑，集体个人都拍照。师，也祝好。生，也祝好。

沁园春 · 为三十年同学会题

何智

谁解行囊？陆氏斑骓，只系绿杨。念东墙玩伴，平添苍发，前排小妹，暗褪红妆。众里千寻，席间百度，又见当年俏女郎。争相诉，尽旧时趣味，别后沧桑。

曾经剪烛寒窗，总寄语，黄金书里藏。奉香茶论道，旧盟重拾，青梅煮酒，新约再商。别梦依稀，痴心未改，鼓乐欢歌绕画梁。传微信，愿韶华永驻，莫负流光。

临江仙·代友人作词别母校

刘潇潇

湖畔柳条裁碧玉，楼前小立栏杆。蓦然回首岂能安？侵心皆草色，圆月鬓边寒。

长宴聚时终有散，凝咽未语汍澜。人之将别惨无欢。唯将歌阵子，聊令使君宽。

赠别四首（选一）

吕江锋

微雨愁云风细细，飞英塔顶照流银。
一封书信一行泪，半缕青烟半亩蘋。
日暮苍山疏影落，夜阑明月淡香陈。
明朝走马关山去，旧地重游万木春。

毕业有感二首

陆宏蝶

其一

艳阳六月逼别离，见面牵衣道珍惜。
来往不辞绕路远，怯行绿柳相思堤。

其二

风雨桥上避风雨，相思湖面荡相思。
客身踌躇不能行，湖水望断横波目。
风雨何必扰绿柳，平添相思又一层。
相思摧得人憔悴，哪堪风雨透彻凉。

十六字令·离别（外一首）

张勇良

离，四载秋窗挚友齐。今分去，衣锦再同携。

惜别

四载寒窗日夜同，今朝别散各西东。
天涯海角无相忘，再聚书堂品酒红。

送君别

总是分离日，忧伤怎自持。
心生留恋意，再聚又何期。
摇手送君去，步停眸泪痴。
欢愉犹耳畔，记忆若新诗。
四载如流水，匆匆未敢词。
相扶攀院树，共挽跃溪池。
昼夜伴温课，雨晴同乐嬉。

向阳长转首，月见速舒眉。
赠汝蓝花菊，一枝传我思。
风平人已远，欲语却怜迟。

赠毕业班同学（外一首）

李睿

数载芸窗回首处，一花一叶耐思量。
耕耘岁月初心守，沉浸诗书况味长。
壮志正逢天海碧，浮华不改蕙兰芳。
骊歌声里扬帆去，日丽风清自在航。

高阳台·秋日回沪上母校

枫叶披霜，黄花染露，重来正是清秋。一带风光，依然流水凝眸。绿杨芳草经行地，忆海棠、四月红稠。更几番，书卷光阴，风雨西楼。

韶华惯是抛人去，纵音容未改，难减清愁。旧雨新知，剪灯同话绸缪。无端唤起并州恨，惹离思、心上眉头。渐黄昏，望断高城飞尽沙鸥。

毕业赠同班同学（外一首）

杨帆

人生天地本为客，南北东西处处家。
沧海横流何所畏，一帆风雨任天涯。

粉笔吟

经年累月忙，骨瘦满头霜。
黑白书经纬，分明度寸方。
拈来梅雪蕊，撒作水银光。
尽瘁生何惜？粉身沃栋梁。

如梦令 · 贺 2017 高考学子传告佳绩（外两首）

卖梦先生

休兵哪堪苦旅，年少提名谁与？十里尽马蹄，且把金樽同举。归去，归去，故里灿星如炬。

赠揭榜

遥想孙山花落满，今年春色更一筹。
匆匆牵挽行人过，阔阔沉吟醉翁留。
残雪高门身作客，宇光草野为君谋。
管弦久被关劳锁，应羡明珠尚可投。

新学期当为六有青年

今朝负手踏孤烟，步远白驹志更坚。
提笔无言临旧笔，盖棺有定断前贤。
红尘尽处无人问，青云来路惹我怜。
分袂挑声沉木里，灯花敲落又一年。

毕业

李泽磊

萧萧秋色起，六月涕欢声。
寒炎学子梦，一朝金榜题。
师生分情溢，眸转泪涔襟。
寡自乡归疾，亲知目盼村。

贺新郎·赠别梅卿学友三首

燕子岭

一

旧梦今来说。入桃源，逡巡悱恻，斫藤焚葛。流水浮舟风乱舞，吹落繁花似雪。莫耽也，易生华发。忽见渔樵依脆柳，醉招摇，问我何年月。言不古，失琴瑟。

临江忽忆京西别。怅残春，知交散落，暗伤离合。纵是卿卿将何处，一样空棺朽骨。锈弦断，佳音长绝。幸与青春谋相聚，道当时，洒泪清如铁。才举手，镜盟裂。

二

别绪如何说。况今朝，征蓬蔓草，浮萍游葛。只影茕茕寻常事，常自楼中喝雪。更独对，镜中华发。还映朱颜堪瘦损，最噫嘘，把酒邀新月。谋一醉，和孤瑟。

年来怨望难辞别。问卿卿，几多貌似，几时神合。语近温柔中含恨，冰碎浇寒顶骨。面敷衍，不如心绝。敛迹且投青炉去，冶轻烟，炼得愚顽铁。挥泥散，割丝裂。

三

往事凭君说。想童时，天真烂漫，无多纠葛。懵懂不知离恨苦，惟念书编片雪。尽家藏，年才垂发。阿母常催游乐去，笑依然，还对燕山月。尘事远，听筝瑟。

驰旋百里乡关别。至京中，观花斗鸟，巷闾迎合。叵奈流光容易逝，始觉离情彻骨。挂故剑，音书长绝。到此惟余吾与汝，濯冠缨，为洗人间铁。不致使，管席裂。

我正青春

刘博

知二模成绩后与思聪泡茶

辜负春光又一年，煮茶心事散随烟。

此生原似杯中叶，各有升沉弹指间。

高考首夜保定街头闻笛望月

静夜长笛透古墙，中天好月射清光。

书生尚有初心在，未敢低头思故乡。

青春不曾远逝

何思奇

忆窗友

阔别青江五十春，攸然两鬓发如银。
谊深常忆同窗事，梦里几番笑语亲。

任建云学友邀窗友于汨罗小聚有感

青江一别聚何迟，眷念霜侵两鬓丝。
互祝夕阳无限好，期颐尤赋健康诗。

忆高中

风华正茂上高中，壮志雄鹰振翼行。
刺股悬梁兼映雪，求知解惑欲跨龙。
狂飙乍起相煎急，路线明分嫌怨生。
最是催人伤感处，竟无合照忆何凭？

注：因“文革”中两派斗争且后无大学可读，陆续离校，故没拍毕业照。

丹桂凭我壮心折

刘宏林

高三中秋望月

夜幕万顷河，清辉起玉波。

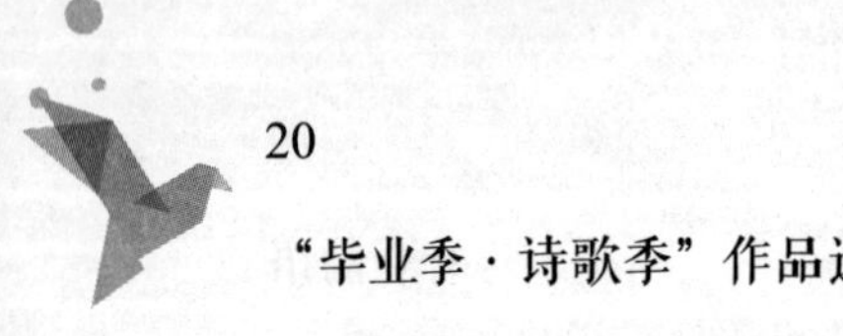

月中丹桂在，凭我壮心折。

临江仙·次韵同窗史邦卿

意盼春风携玉桂，修身独过清秋。今朝追梦旧虔州。带宽终不悔，孑影上高楼。

纵使相离时有梦，任凭思绪空流。但期他日两温柔，花容缘子瘦，月满为卿羞。

一剪梅·距高考四十天作

十载寒窗琢玉迟，身已成痴，心也成痴。刺悬执笔案边思，勤为工文，苦为精诗。

高考之期心固知，学愈孜孜，求愈孜孜。身披倦意正何时，灯半昏时，未敢眠时。

大学毕业三十八年忆（三首）

韩秀松

一

梦里青春羽渐丰，如花记忆未凋零。
诗飘飞絮西山雪，题解殚思午夜灯。
但借堰流涤瘦月，还凭应力剪东风。
寒窗曾是亲兄弟，更向何方续旧盟？

注：堰流，水力学名词；应力，结构力学名词。

二

又凭旧照忆当年，笑语欢歌过耳边。
一件工装新补袖，两根小辫正齐肩。
丹心耿耿常生热，傲骨铮铮可抗弯。
莫道重逢人半老，留得剪影亦娟娟。

三

归来又见教学楼，记忆经年幸未丢。
半尺习题陪冷月，数科讲义砺吴钩。
眼前碧柳随风荡，心底长河载梦流。
当日艰难谁似我？微积分里解清愁。

毕业季二首

张展奇

其一　赠别

莫问离别意，暂休何所之。
离忧何足道，劝君毋戚戚。
非我轻离别，重别心寂寂。
相思本无益，更兼无穷已。
人生少团圝，复何不得安。
今为三朋侣，明日天涯边。
但若此情在，千里亦并肩。

骐骥当奔驰，挽马须心毅。
鲲鹏北冥翼，凤凰梧桐栖。
前途艰且长，勉慰共赴意。
今我无长物，唯有愿与寄。
冰心一杯酒，聊祝远行人。

其二　寄远人

君问心中事，我回琴上声。
何事足为道，惟有此中情。
此情正相忆，绵绵似水流。
南天君所处，中隔万户楼。
别日尚三月，忽觉已千秋。
今秋叶零乱，昏月栖枝头。
人事多纷尘，熙攘惹诸忧。
悲歌不可泣，远望暂作舟。
瞬行千万里，万古亦同游。
归来灵犀地，畅饮天地愁。
待醒愁尽去，马赴王侯。

翻看大学时旧照片（外三首）

韦云岑

漫道流年不可怜，重翻相册泪潸然。
多情幸有剪刀手，裁下青春印记篇。

与同学夜饮

举杯南北复西东，自诩痴儿世不同。
体重曾因诗债减，荷包且对酒瓶空。
嚎歌席上真无耻，贻笑人间略有功。
事后萧萧谁解得，霓虹灯外老梧桐。

沁园春·实习结束有作

叶散飞刀，月迷寒水，人寄天涯。更霓灯罗网，粘愁几许；车声鸣笛，碎梦无差。酒后歌诗，梅边箫剑，已是萧疏竹外花。徒追忆，那青春明媚，时诵蒹葭。

征途黯黯堪嗟，似瞽者、蹒跚过狭斜。叹也谋粱稻，不能免俗；未成勋业，无以为家。出鞘锋芒，济生心力，待作恒河一粒沙。风高举，望沧溟万里，且试灵槎。

济生：鄙人学医，校门口有“正德济生”四字。

念奴娇·将毕业寄舍友

性情狂狷，算乾坤浩大，惟君容与。点检平生嬉笑处，灯火联床风雨。酌酒高歌，听琴舒啸，逸气浑如许。尊前谈论，世间英杰儿女。

却叹国势浮沉，东南西北，祸患长难数。夷甫诸人言未止，惨淡烟尘谁顾？盖地忠肝，包天义胆，休吐伤心语。九重霄外，试看鹏翼飞举。

大学别

泛雪

一

隐忍悲怀起笑声，榻前难舍四春情。
归心纵使急如箭，捱到别时方肯行。

二

强颜欢笑忍悲声，弃箸停杯说丑行。
想我当年一醉后，大家寻觅到天明。

忆青春

丝愁绪梦

高中每忆恨难平，衣上粉灰难洗轻。
细雨回廊空落叶，垂杨池水逝啼莺。
青藤枉许如般梦，照片忽多不识名。
渐爱窗台风起处，落花翻似读书声。

感赋青春

张利国

示知音

同学十余年，长游一片天。
智仁虽异见，情谊未曾迁。

毕业送同门师兄

师兄立志出乡关，意气何愁蜀道艰。
三载琢磨成玉后，文章满腹下天山。

送师姐毕业从教

柳丝难系指间沙，转眼相分天一涯。
此去悠悠江海远，芬芳桃李是卿家。

偶遇初中同学

曾是同窗情谊浓，江湖十载隔音容。
相逢本是旧相识，开口何言身位庸。

怨三三·毕业季

观海听涛滨海

同窗好友各东西，别绪情凄。记得初时互问谁，学成日、已相知。
今朝别去依依，抱头痛、男儿泪垂。彻夜又鸡啼，难分难舍一片迷离。

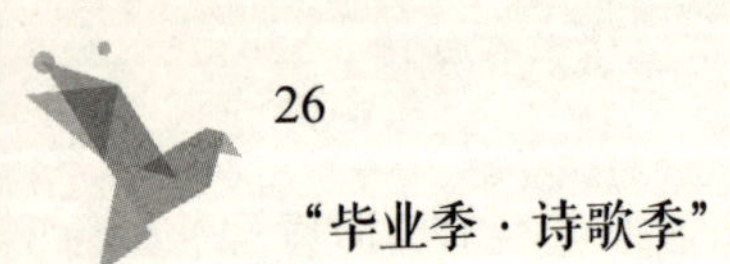

毕业十年感怀（外一首）

风云梦

几时换了少年头，莫怨光阴是小偷。
桃李园中瓜豆发，宋唐风里仄平流。
路边求索边游马，岁越增添越近牛。
不论红尘多骨感，依然沧海梦浮舟。

大学毕业十年聚会有寄

柳径桃林入眼频，龙江河畔草茵茵。
楼间啼鸟亲如故，转角掏心语尚新。
友谊窖藏十年永，韶光缘续五湖春。
华灯期得亮城北，老调陈腔话旧津。

西江月·题长子小学毕业照

王晟贤

近日在“难忘的同学友情”群见到长子三十年前的老照片，其中除两名外，上中学后都是我的学生，倍感亲切，题词打字，以表心意。

馥郁欣欣花朵，喷薄朗朗朝阳。天真烂漫志潜藏，各个前途无量。

社会奠基朋友，人生长久同窗。征程只要互相帮，困厄能驱惆怅。

记去岁七月毕业三十年庆作

仲嵇

去岁七月，高中毕业三十年庆，聚一远山农庄，同学师生凡四十余人。深感时移人非，年光过尽。且一二知己，已远飞天边，未逢此会，故伤之，亦自伤。彼时有密友嘱予作文以记此会，未成，经年未忘，今作此篇以记之。

城落江河半枕山，科开文理两分班。
知天将命再回首，一去竟然三十年。
兄弟欢游常有例，同门兴会却无前。
斜阳漫道行歧路，车到山庄日微暮。
抽眼无由识旧颜，故人相见难如故。
农家庄上老荫茶，绿草坡前小树杈。
廊下纹衫相对戏，故人旧影忆年华。
曾经顽憨分帮派，聚啸北山称七怪。
小巷急逃呼自由，少年总是浮偏辈！
溪边初醉晓风斜，洞外曾迷落刺花。
悄探陈潭碧琼水，不羁青鸟唤天涯。
浮云已散空追梦，浊酒一杯谁与共？
欲上高亭独看山，孤园墙内堪难纵。
问言谁说我清高？长对青天且自嘲。
郁郁无言藏落寞，欢筵醉笑犹低酌。
夜阑喧尽卧西楼，我醉欲眠君且乐！
归路崎岖又几重，车摇人困意尤慵。
平生常叹匆忙过，好梦不成聊赋穷。
笑问人生何必计？漫从天地且为容。
大江东去飞鸿爪，愿此风流学轼公。

题高中毕业五十年同学聚会

白水诗_e234r

一别黉园五十春，欣逢宴会古稀群。
同窗旧事心头热，兄弟襟怀话语忱。
情挚不知身贵贱，兴浓但觉酒香醇。
沧桑历尽童真在，岁月蹉跎浩气存。

赠吾即将毕业之生

邓振成

依依话别欲何之，世界纷繁务自持。
腮上泪花应揩净，当前不到用情时。

毕业诗

赵卫莲

昨夜高楼今日风，耳边萦绕尽书声。
雏鹰展翅高飞去，不忘初心万里行。

渡江云·再忆瑜园

韩倚云

银鹰频下望，骋眸远览，山水未忘忧。那时离母校，楚地深情，化雨劝人留。导师楼下，纵踌躇，不掩离愁。传语嘱：早丰双翼，星际待君游。

商筹。蒙尘岁月，积雾江河，问相持多久？前路看，东风桃李，摇曳林丘。挥毫更有民间事，这赋诗，欲弃难休。回首处，精光布满云头。

毕业有赠

朱纯正

涂谢权、李良子博士二君子者，乃复旦大学中国古代文学2017届毕业的博士研究生，笔者幸与之交游，临别之际以言相赠，以表同窗之情。

名都篇·赠涂谢权博士

名都大藩地，信是东南美。
大道通曲陌，楼高号结绮。
女行鬟着翠，路人衣尚紫。
不见少年郎，高车过西市。
金台集群贤，海上自多士。
我昔舍家游，戚戚离下雉。
行行至吴会，大国君子俟。
曾冉同侍坐，交情从此始。
北海真忘年，友于棠棣似。

结社析疑义，观澜以相砥。
我兄悟其髓，获彼幽兰芷。
沪上居不易，由来尚奢靡。
博士无酒钱，卖文还欲徙。
匹马卒业还，功成当志喜。
湛湛长江水，取兹满觥兕。
一杯辞故人，莫忘是同里。

秦女篇·赠李良子博士

长安佳丽地，自古多名姝。
中有良家子，乃在都城隅。
旦从秦关去，秋来客姑苏。
经岁为佳句，苦辛倍人殊。
复往东海游，吁戏凤栖梧。
辗转得秘思，咳唾有明珠。
仰观三叹息，文章名理俱。
嗟尔扫眉才，信为君子儒。
曾记小园看，慢吐戏词娱。
闲吹落梅曲，愿听歌吴歈。
忆昔论文时，不以我为愚。
真言虽逆耳，启我似醍醐。
三载相从乐，伤彼登还途。
吴山正烟雨，道上有鹧鸪。
从兹挥手去，中心各踟蹰。
他日逢良会，君家可识吾。

安师大夜大学中文系 87 届毕业三十周年浙江长兴顾渚悦扬农庄同学会抒怀

云想飘逸

开心聚会

青山绿水同窗会，无改乡音欢笑生。
丁酉欣逢三十载，一声你好泪珠盈。

顾渚晨游

清泉汩汩出深山，翠鸟欢鸣俏竹间。
九曲回栏平湖秀，晨曦一抹客游闲。

贺新郎·高考日有怀

听古仔

闻说今天高考，想起四十年前的旧事。我没想考，是同事的衷言相劝，就去考了。呵呵……

回首来时路。尚踌躇、恢复高考，心思不露。同事衷言开心窍，自控一门独著。携爱意，书山寻路。七载工程加数理，乘清风展翅重洋渡。师亦友，共云雾。

深洋浅海声音诉。看千浔，散射集波，远场近处。谈笑环球东西住，却见民生痛苦。去肿块，方程可助？绿草黄花青果岭，望芙蕖湖面逍遥布。干一盏，再飞舞。

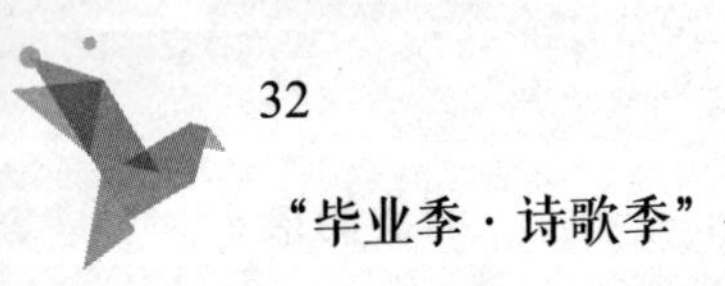

破阵子 · 将毕业，步稼轩韵

热闹堪如观剑，整齐不逊行营。新亚岭头风华照，书院山边欢笑声，职场来选兵。

四载苦学待报，六年实验思惊。了却凤龙心底事，开创环球高品名，愿君顺一生。

阮郎归 · 同学四十年聚

曲元

歌盈湖水酒盈怀，龙湾笑语飞。少时如梦醉芳菲，花期几度催。

休要叹，首莫回，葫芦篝火吹。沙滩嬉戏又相追，落红满辉。

一剪梅 · 教师

水虎英雄

甘作园丁意气扬，耕也思量，耘也思量。一生心事为花忙，风透衣裳，雨透衣裳。

身外浮名酒一觞，清又何妨，贫又何妨。如今满眼尽春光，桃也芬芳，李也芬芳。

同窗聚

熙本

尘霜白发催，旧梦煮青梅。
岁月陪天老，乡音见面回。
思牵情念故，离别话成堆。
问此经年去，何时复聚杯。

教师节重游三友母校

四季如秋

岁寒三友校园情，竹翠松青梅满庭。
丹桂气香秋胜夏，油灯光暗月和星。
雅池漾漾朝霞暖，人影朦朦百鸟争。
尤忆寒窗尺戒狠，碑文隐隐唤先生。

注：三友小学校址在雅池坝村，校前方有一座大山名人影山。重游时教我的老师已故。

浣溪沙·三十七年后高中同学聚会犀城

楚独行

老眼模糊空忆形，红颜已改乱呼名。时光倒转白头青。
塑袋为衣愁日晒，地皮做菜喜雷鸣。满坡茶果待秋晴。

毕业之后

肖云

消息从来不得知，相逢已是白头时。
同窗岁月虽犹记，可叹今人已未识。

书生事

影沉寒水

偏安人世短，闭眼送生涯。
心苦青天碎，道穷金币娉。
学商无本事，娱已有书花。
吟唱诗边过，不宜叠腹加。

与母校老师的友谊

程显明

荏苒情如海，绸缪谊若嵩。
园丁当日奋，花朵那时红。
硕恃酬人雨，芳因惠地风。
流光垂半世，爱与往年同。

校园新歌

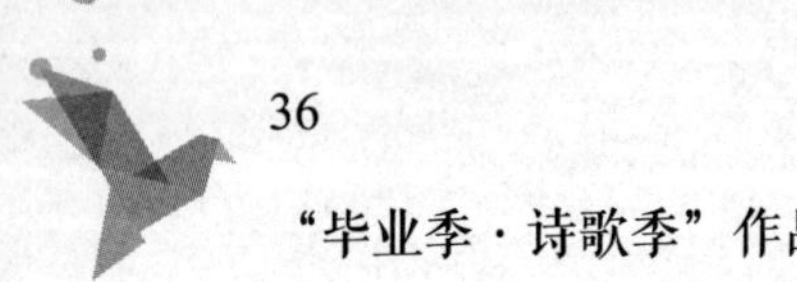

六月的雨是七月离别的泪（外一首）

小建

六月的雨稀稀拉拉下个不停
那是云儿回忆过往的泪
六月，一个明亮而忧伤的词语
繁花似锦的六月
孕育出一个叫做毕业的儿子
他娇生惯养，他打开你心里的黑匣子
窥视你的私人日记
最美的年华里遇到最美的你
可是抵不过六月的雨，七月的泪。
到了六月，我才知道
毕业分手不再是谎言
是最真切的箴言
我模仿了刚入学的模样
打北门口进来，羞涩慌张
吃了牛肉面，脆皮鸡，
去了装满我们誓言的黄河边
在紫丁香树下许下心愿
在最美的年华里遇到最美的你
是我一辈子的回忆，像呼吸
六月的雨是七月离别的泪
六月，分手，回忆
七月，离别，珍惜

风吹走了六月

凌晨四点钟，
天边的红光已经开始刺眼。
草坪上的露水也已经被烘干了。
清晨时分的阳光，
都给以人一种无限的激励和期望，
也使我们开始对生活如它一般炙热和热情。
六月，夏天，
一切都来得如此自然，又猝不及防。
在这个季节里，有多少眼泪是留给毕业的？
我不知道。
又有多少人，可能毕业了之后就真的不再见的？
我们也说不清。
刚开始的时候希望早点毕业，
如今有多希望再次回到当初。
我们总是盼着风来大一点，
因为风是可以吹干眼角的泪水的。
我们期待风犹如夏天期待着秋天早些来临，
因为秋天就像把炙热的太阳装进牢笼里。
大一时的懵懂，
大二时的开窍，
大三时的迷茫，
大四时的恐慌。
都像那一阵阵夏季凉爽的晚风，
不断的倦袭中带来了秋天。

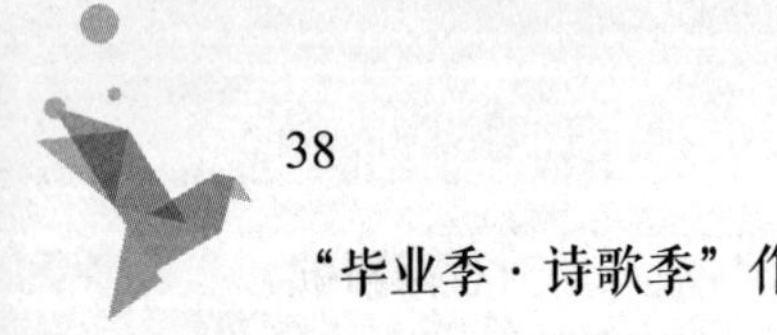

夏季是六月的代名词，
而分别与毕业则是夏季的代名词。
晚风吹散了夏，
而六月的风吹散了我们。

青春不老，我们不散

郑华奇

马上就要毕业了
我们是不是要再到白虎山上
不为露营，也不烧烤
只是静静地坐着
再看一眼，我们生活了四年的地方
再看一眼那也许再也不会遇见的眼前
不去伤感，只是留念
马上就要离开了
我们是不是要再到公教楼的镜湖边
看一眼我们的皇家书院
想一想，我们民大的四年
想一想六月的傍晚里留下的那组照片
以及我们自习时写下的那行：
青春不老，我们不散

毕业（外一首）

范信晖

还记得吗？
数年前，
那个无关风月的夜晚，
我们，一起。
对漫天的繁星许下宏愿。
可是觉得可惜，
才一会儿，
天就亮了。
黎明破晓，滚滚朝阳，
逼着我们，
走向远方。
如今，
我们不再奔走东西。
你眺望着远处的风景，
我缅怀着逝去的光阴。
你不再对我生气，
我再也回不到曾经。

理想

阳光淡淡的下午
透过布满宣纸的小窗
我看见一个小纸飞机

落在泛黄的草地上
他被轻风吹起
勇敢地追赶夕阳
他和我一样
为了飞蛾扑向理想

毕业季

方秋

回忆过去
三年里时光流逝
青春时节
我与你共同作伴
共享年华秋月
沦为朋友

在毕业今朝
我留念过去丢弃的画面
那些年你与我冷漠无情
如今往事如烟

三年时光飞逝
毕业的那个夏季
外面的熊熊烈火
笼罩彼此

此刻的喜悦与悲伤
已化作彼此手指间的温柔
停留在夏天的怀抱

暮鼓时分，那一抹笑声盈耳的韶光

紫莱小倩倩

暮色苍茫、华灯初上
一缕和煦的清风缓缓而过
洗礼心间的悒悒不乐
疗愈灵魂深处的创伤
唯我、点燃一堆篝火
在悠长的韶华里、铭记你们粲然一笑的样子

我欣赏着一片靓丽的妙景
我盯着一轮皓月的方向
我为你照耀邈远的路途
我以柔和温婉的音律
呼唤你、以及你们

我知道、这一刻的步伐接近形影相随
我知道、这一刻的情怀是莫可名状的
因为你们、我的方言幻化成唇边珍贵的絮语
因为你们、孤独的灵魂显得相映成趣
我多想、把一切恬淡的言语啊

编织成耀眼的繁星
为你们洒下万丈光芒

天穹繁星闪缀、我看到的全是你
激情澎湃的你、心若菊香的你
你与我诉人生、谈理想
我谛听到的、是满腔的鼓舞与振奋
然后、一边领会、一脸正气

我希望、这个世界
所有的诚笃都能得到回应
所有的笑声都能欢快爽朗
就像晨钟等着暮鼓
就像一个我惟愿所有的‘你’
都能携着那一抹笑声盈耳的韶光、快活生活

考场上的梦

涂演婧

假如可以穿越
我决定两手空空
兜里只揣一粒安眠药
走进二〇〇五年
那间高考教室，闭上眼
我一身碎花长裙随风飘扬

站在武大的樱花树下
喊着女同桌的名字
身后石板凳上
她忽而抬头看我
坐在那里安静地画画

再见了，亲爱的同学

翟芳

当美丽不再美丽
当诗意不再诗意
当过去的一切只剩下点点追忆
当毕业的钟声已然响起
彼此间的欢声笑语
早已变成悄悄滑落的泪滴
面对复杂的人生道路
我只能希望你们勇敢的朝前走去

你们是我今生最美的相遇
你们是我最酸楚的等待
我真的害怕去想象你们的未来
我在心底里希望你们不要做永远的尘埃
你们要努力活出自己的精彩
思念你们是我此生最痛苦的抉择
我对你们永远是那么难分难舍

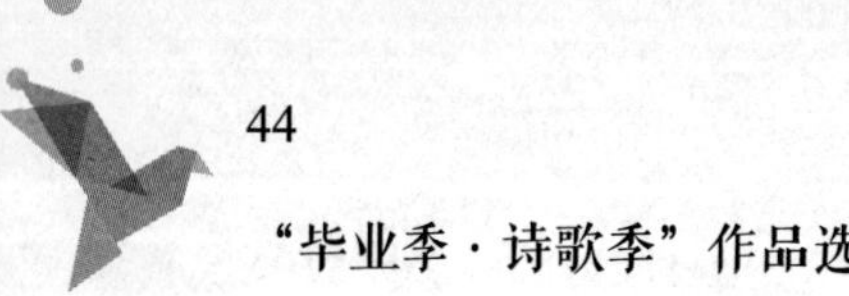

让片片落花带走我们心酸的泪水
让阵阵春风吹走我们那苦涩的回味
谁也说不清
未来的日子是什么滋味
看着毕业照上的你们
我真的感觉到痛苦心碎
你们如花的容颜已经憔悴了几分
要想让你们放弃却又实在不能
再苦再累你们忍了受了
心里的目标是将来有一个美好的前程

我面对你们的留言日记
真不知自己该如何下笔
不知道该写下你们的淘气
还是该写下你们的顽皮
……
秋风里的那一片片落叶
早就被彼此深深的埋在心底
谁也抹不去的是我们之间永恒的记忆

在人生的道路上
我送给你们太多太多的祝福
也相信你们一定能战胜艰难险阻
让弯弯的月亮带去我对你们的思念
让闪烁的星星带去我对你们的深情
让阵阵春风带去我对你们的期盼

让朵朵桃花映衬你们鲜红的笑脸
轻轻的你们走了
正如你们轻轻的来
你们青春活力的模样
留下了太多太多的精彩

也许
要不了多长时间
许多的人你们已经忘记
但我却常常把你们全部想起
在我的心里
我的心和你们紧紧依偎

离殇

张政宁

夏的狂躁已慢慢淡去，
秋的柔情也渐渐亲近，
又一个离别的季节。
浅浅的夏，淡淡的殇。
曾几许，我梦里寻她千百度。
可醒来，她依旧灯火阑珊处。
深重的铃声终究响起，
第一次听的如此模糊。
拿起书包，

不小心碰了碰身旁的桌。
合并的课桌却分开，
这一分，便成为了回忆。
走了，散了，
没人流泪。

而心，却以湿润。
或许真的，
分散是为了后来的重逢。
可是那天，
又需要等待多少个春秋？
也许，

这就是青春！

题同学纪念册

林哲

湖水是你澄澈的双眸
星星是你闪烁的泪光
我的歌声是最微的风
荡漾在你最微的粼浪里

音符泛起你心湖的涟漪
在我的灵魂里也击出回响

你无声地伫立在地平线边
晚霞绯红了你我的眼眶

有一个地方，我们终生难忘

郭豫泉

有一个地方
我们终生难忘
一间小小的教室
一扇大大的窗
一张温暖纯真的面庞
一泓海阔天空的梦想
寂寞的日子绽放在胸膛
笑声和泪滴就是成长
青春里总有迷惘
黑板和粉笔记录欣喜忧伤

一种思念在内心吟唱
讲台，梦想发源的地方
一段岁月在校园徜徉
教室，灵魂出发的海港

有一个地方
我们终生难忘
难忘我们的年华自由飘扬

难忘我们的成长洒满星光

教室里

鲜花～笑脸～掌声欢聚一堂

莘莘学子呵

如果你还记得灯塔和航向

请为老师

斟一杯欢乐的美酒

高高呈上 ......

校园情

赵建龙

我站在阳台。遥望熟悉的风景，熟悉的人。

却没有谁注意到，我泪滴的凝重。

呵！看那边的杨树林。

掩藏的是小鸟的歌声，是青春上演的剧幕。

吆！那丛草上坐着的姑娘，可曾看到我注视的目光。

请摊开手中的书本，寻找人生中最甜最美的梦。

嘿！那一对恋人，莫靠的太近。

那恋人的香馨，有时只有距离，才能更加迷人。

......

唉！对我自己，却该如何安慰？
我曾在这里将舒心的乐曲弹唱，我曾在这里给貌美的女孩讲题。

可是今天，却这样：
孤寂！

绚烂的毕业季（外一首）

杨瑞成

献给迎考的学子，特写——题记

是时光的纠葛
碾成光环的毕业季
泪水汗水雨水的邂逅交织
融汇成一股烙印年轮的洪流

地球在作祟
引力凿下春夏秋冬不可逆转的日历
从四季的铜墙铁壁外伸出的那枝毕业季
独有一片风景
像一把带鞘的剑挥洒它一路来的绚烂
厮杀过对峙的铠甲
斩平过低谷的坑洼
扫出平坦的毕业季的大动脉

涔涔的汗水

激情的昂扬
谆谆的教诲
凝成毕业季的滂沱、闪电、雷鸣

一场瓢泼的毕业季的洗礼

撕破青涩的外裳
站在四季与毕业季啮合的窗口遥望
目睹扫描那场星际外的流星雨
站在毕业季的河滩上远眺
搂住稚气还原青葱岁月

毕业季没有标进四季的月历
是一季悬在心尖的重锤
模板是泪水汗水雨水浇铸
镶上鎏金的光晕

慢慢地毕业季从四季的潮汐中退却
裸露还原那真实的灵魂

二十年前的那场别离

韩松元

如果，知道这么久，才能看到你，
在二十年前的那场别离，
我绝不会那样迫不及待地收拾行装，

我一定要小心翼翼，小心翼翼，
将属于我们的青春打包在我的心里；

如果，知道这么久，才能看到你，
在二十年前的那场别离，
我绝不会那样匆匆地踏上列车，
我一定要紧紧地，紧紧地，
将你拥抱在我的怀里！

如果，知道这么久，才能看到你，
在二十年前的那场别离，
我绝不会别过脸去
不忍看奔跑中流泪的你，
我一定要慢慢地慢慢地
将你融化在我的泪水里……

关于六月

思汝

关于六月，我的梦想很多
趁着教学楼门前
那丛丁香花还挂着花苞
我要小心地求证
五瓣丁香花的传说
如果只是梦

便醉入花香不醒
买一张明信片
在它背面雕刻过往
那是一首抒情诗
也是一个浪漫的故事
把它寄给踌躇满志的自己
寄给白发苍苍的自己
去湖边，去运动场
去食堂，去图书馆
熟悉的风景瞬间萌生了新意
湖畔，红嘴鸥年年飞回
我们却不知道自己的归期
未来的每一次花开
我都将在思念中与你重逢
每一个关于你的消息
都令我心潮涌动
始终相信：
母校永远年轻，我们不曾老去

毕业的六月

檐下燕

蜕变
是一个神圣
却又痛苦的过程

过后
又会迎接陌生与不安
手忙脚乱地
怕着
却也不顾一切
就这么一路奔跑
有一天
精疲力竭
闭上眼时满是
六月晴空
笑着的你在哭
拉着的手什么时候也松了
彼此变为记忆一抹
成长
你又想经历什么呢
是不是
只有振开翅膀
扑向未知
一通挣扎
才能
痛却也快乐着
脆弱而幼稚的心
偏要固执
不必坚信
不必期待
因为
将来已不是将来

就在明天

送旧日同窗

张玉子

请把将落的夏花送我
请把杜鹃最后一声啼啭送我
请把夕阳的残光送我
我来收拾打包
带走这里最后的旧色

温书的天台还挂着
我那孤零零的太阳啊
你可认得出那新来的人儿
他不是我?
校道路口的银杏还立在那等着
怎么还如四年前般单薄!

那年你我摇曳在镜头里
笑声泪水都溢出相框
觥筹交错
今天又端起相机
为什么毕业的总是你我，总是你我

落花芬芳我离怀

夕照还我四年旧影
我走了鸟鸣稀疏
无边的静默里你还会想起我吗

毕业礼物（组诗，外一首）

袁伟

一

许愿瓶里装着
稻谷、小麦、玉米
还有几句简单，真诚
的祝福和嘱咐……

在六月毕业，收获
这一切刚好和这个季节契合
经年之后
这个瓶子或许就是
一个时光锦囊

当我分不清生命的原野里
生长的是猪殃殃
还是看麦娘的时候

瓶子里的种子也该萌发了
它们会用嫩绿告诉我……

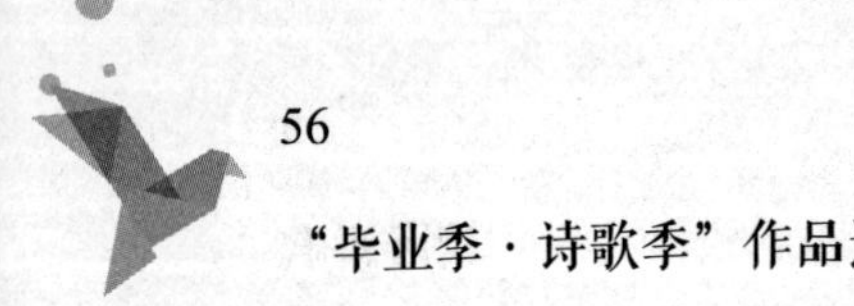

二

这别离的季节，林荫道上
梧桐树的叶子正茂

随便采摘几张
写下或深或浅的祝福
作为毕业的礼物

等到它们叶子变黄
就卡在书里
那时候
它们变成了一张张支票
生活会一一兑现
所有的愿望和祝福……

三

别离前
我要私人订制几张明信片
不要文字，不要楼宇
不要烟柳池塘，不要小桥流水

就装几亩四季轮作的田野吧
我最后种下的棉花、水稻、玉米
还在疯狂地生长
草地上的含羞草和四叶草
也要定格在焦距里

它们
一个教我矜持，一个给我幸运

然后用麦子的秸秆做一个相框
把它们一一收藏
这样，至少在明信片泛黄长虫之前
我不会忘记
田野里分辨麦子和稗子的时光

天涯月色

等我从梦中醒来
天涯和故乡，早已交换了角色
同样皎洁的月光下
我极目远眺天涯外的，老家

晚饭过后，奶奶
还会趁着月色飞针走线
爷爷，正含着烟斗打草鞋
那白色的烟缕，飞舞着
奔向月宫
捎去两老真挚的问候

月亮带上面纱时
奶奶手里的荷包刚刚绣好
她把烟斗和钱都装在里面，天亮后
爷爷就把它拴在裤腰

背着几双草鞋，去赶集

清晨的月色，依然撩人
村口开始传来熟悉的狗吠
爷爷从水缸里装满一壶山泉
放进背篓里，出发……

出大学记

张世维

我记录下
每一夜的新月露角
到如今
竟已有七遭
细细思量
还是把它们折成
信的模样
毕竟，前面的路长
童年的纸飞机呀
到不了远方

太阳还在
还在白日里耕耘
在我脚畔挖出个池塘
权当做，月的衣冠冢
冢外却很热闹

满是张狂的鬼怪
以及丢了宿主的影子

十二月的战争用铁
倒也，用的上黄金
后者同时是
工作，和不工作的原因
招聘耗材店
恍悟这一座大学

离开那天
我用尽所有修辞
也写不出一句像样的诗
可信上总得有些什么

“我的信还在路上
心呀，已在你心上”

毕业诗

何超伟

看了四年的花开花落，此朝终要离君一别。
杜鹃飘红、杨柳依依是为春朝；
银杏更衣、晓风拂月是为秋日。
这一切，我都熟悉，我都历历在目。
但是，往事勿可追，吾辈只能把风花雪月换了清酒且斟且唱：

惶恐的六月，害了相思症，不愿离了春风和我们；
悸动的六月，颤颤巍巍，因为我们即将别离。
不知以后会不会想起这里的小人儿、这里的风景。
只好在沙漏中，珍惜最后与你相遇的光景。
四年前，抬望眼，甬江岸边，鹭林花开，把盏奴娇念；
四年后，六月牵，长亭古道，芳草连天，婆娑唱离别。
湖心广场形单影只的白鹭在鹭林湖找到了伴侣，我们却要离去；
图书馆里独坐的学妹找到久违的陀翁而喜极的时候，我们却要离去；
我们抓住了六月的尾巴，却没有抓住暑假，因为，我们即将离去。

我多想你，
坐惯了的三七一，现在还会挤满思乡的游子吗？
排着长龙的食堂，还有满头大汗却热火朝天的阿姨吗？
黄昏的彩虹桥，还有学弟学妹们抓拍夕阳吗？
那座小小的学生活动中心和小礼堂，还有人去吗？
激动、喜悦、思念、感激、莫名的泪水，还在流吗？

多想你，
北大门，中轴线，图书馆，
王阳明，十一桥，我都遇见，我都深爱。
可是，四年故土应犹在，人已不少年；
可是，尚未佩妥剑，转眼便江湖；
可是，相思如潮，我却只能背对潮水。
想你，
千里相会为一聚，愿君此生好；
莫哀愁，花有重开日，人无再少年，
一汪流动的鹭林湖，怕是母亲的哀思，

在倒映我们来时嬉笑怒骂，离时愁容哀伤。

你，
我的母校，
我的第二个家，愿你好。
青山不改绿水长流，后会有期！
再见！

重逢在青春的渡口（外一首）

匡天龙

如同飞鸟潜入深林
路的尽头还是路
我摸索着踏入杳无归期的青春渡口
却与迟来的春日不期而遇
多少个没有星光的夜晚
我预谋着走进彼岸沧桑
置身于谜一般的笑靥中
盲目地吞咽寒流过境后瘦长的快乐
却又努力用一支笔镌刻麻木
或者沿公海漂流
偶尔停歇于滩涂
在下一个黎明到来前
忍受岁月的蚕食，鲸吞
总有不知名的雨和雾

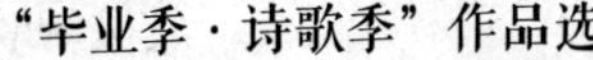

邀我打捞起前世的浮沉
在瘦弱的晨光下晾晒霉变的往日时光
待倦鸟依偎在肩头
我轻轻拂掉衣袖上的尘土
勇敢地伸出干枯的右手
捡起一片陈年的枝丫
与春泥共同虚构贫瘠的美梦 yoi
偶尔走走停停
肆意描摹春风吹起的海岸线
用不知名的水草和贝壳
修剪那被浪花打碎了的轮廓
当倦鸟惊散而去
有谁会怀念
我曾像鸟儿一样自由飞过
与青春重逢在春日的渡口

青春是一路芬芳的经历

儿时许过的愿望
嵌在会眨眼的星星上
说给小树听的悄悄话
印在变幻的年轮里
不舍得扔掉的花纸纸
被折成了小飞机
一点一滴的印记
濡湿了回忆
散落一地的青春

常萦绕于梦里
叮嘱我珍惜
这一路芬芳的经历

兰大·时光

气煞风云

小学时，老师欺骗我们说，
这节课你们的体育老师有事。
中学时，老师欺骗我们说，
我就占用你们一分钟，就一分钟。
转眼到了大学，
这一次老师没有再欺骗我们，
因为他们说，
四年真的很短，
你们毕业啦。

那一年的九月，我们背上行囊，
我们来自不同的地方，
我们怀揣着憧憬和梦想。
这一年的六月，我们再次背上行囊，
却踏上各自不同的方向，
不变的是那份憧憬和梦想。

军训时，尽管只是初遇，

我们这些西北的儿郎，
唱起校歌来，
却是那么整齐嘹亮。
上课时，老师带我们徜徉知识的海洋。
最爱看你答不出问题的囧状，
谁叫你明明偷偷玩着手机，
却偏偏那么善于伪装。
聚会时，山风吹动我的猎猎白裳。
最幸福的事，
是我知道你就在几步外回头望，

缘分再绚烂，终究抵不过日历的最后一张。
友情却定格在这一刻，被你我永久珍藏。
啊，朋友，不要悲伤，不必彷徨，更不许遗忘。
等到我们都老得白发苍苍，
等到连岁月都变了模样，
再把这份记忆慢慢回想：
正是遇见了你们，
才拥有了青春中最好的时光。

毕业的故事

叶国豪

故事落下了帷幕
精彩与闪烁留存于

时光、繁星、朝霞的
夺目璀璨和永恒之中
一张张照片
一个个镜头
各种动作和姿势
在海容路的翠绿树荫下
记下这间学校最后的熟悉

何时起留恋于过去昔日
或者早已不想离开
或者早已渴望出去
一切都掌握在时间的手里
时间让青春成熟
在青春发酵和毕业的季节里
简单的一张照片
印证曾经疯狂炽烈的想象
我们都渺小于光怪陆离中
亦伟大于不屈不饶的爱

最后一个离开

张翔

没了花花绿绿的衣物遮挡，
阳台拦不住七月的日光。
这里竟有如此干净？

如此敞亮？
空空荡荡，只剩蝉鸣回响。

总有些许痕迹，
证明曾在此度过四年时光，
共同完成一首短诗，
韵脚跳脱，名为轻狂。

最后一个离开宿舍，
合上门，从此做一个探路的行者。
再见校园，
再见青春。

摇头

黄浩斌

宿舍，饭堂，课室间的路，
太长，
我想跑过去，
同学摇了摇头。
嬉戏，学习，工作间的路，
太短，
我想停下来，
生活摇了摇头。

诗社缀英

在青春的季节扬波起航
——扬波诗社“毕业季 · 诗歌季”作品专辑

临江仙四韵

赵月花

初入学

儿时记忆今仿佛，铃声悦耳清扬。讲台三尺老师忙。试教三二一，学写单人旁。

下课之后牵着手，唱歌跳舞疯狂。谁将作业暗中藏。后排频罚站，不敢告爹娘。

晚自习

夜幕拉伸星几点，校园寂静无人。风光室内看真真。知谁写作业，谁把课程温。

总是调皮三两个，前排坐不安分。时才玩闹长精神。老师抓正好，罚写字千文。

毕业

转眼之间过去了，三年情意深埋。园中小树一排排，历经风雨后，翘首立阶台。

也著繁华还著梦，放飞梦想将来。心存感念不须猜。山川重染绿，桃李报春开。

园丁颂

木秀丛林成一脉，辛勤自有园丁。不辞风雨不争名。五车堪学富，三尺慰平生。

吐尽春丝铺锦绣，暑来寒往躬耕。涔涔汗水育精英。莫为青鬓改，桃李已盈盈。

定风波·参加学校演讲比赛

扬波

已是登台退路无，放眸人海两千余，年少豪情胸外涌，花送，波涛滚滚任风梳。

昂首情深声浪里，陶醉，春风得意策龙驹，一马长嘶尘绝去，难阻，高峰跃上彩云扶。

定风波三韵

赵作胤

学校夏季运动会万米赛场

号令枪声响半空，健儿驰骋脚生风，炎日无情头上照，呼啸，汗挥如雨甩苍穹。

反手脱衣肌肉突，超越，征程万米已癫疯，场外加油声不断，谁喊，人群深处脸红红。

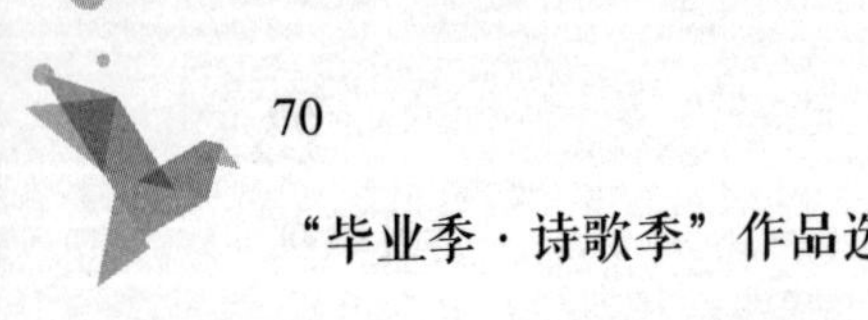

上晚自习

安静灯光似水流，沙沙笔底写春秋，几本厚书深浅读，重复，凤凰待日出山沟。

急促铃声惊月色，灯熄，清风吹醒一双眸，脉脉含情深夜冻，相送，长长瘦影总回头。

校园回忆，依苏轼韵

一别天涯风雨声，几多绮梦伴君行，月下偶然思旧貌，偷笑，一声叹息问平生。

独立山腰何处醒，风冷，低头母校草青青，不似当年牵手样，凝望，霞光无限夕阳情。

蝶恋花 · 路过校园（外一首）

赵作胤

鸿雁栖霞停老树，来往书生，满脸青春舞。小道深林还未去，恍如昨日情声诉。

云荫秋光枝下路，又忆那时，无意伊人遇。羞面曾经分别处，清风一卷翻花绪。

过母校有感

又忆曾经二十春，花间难觅酿梦人。

当年指点江山志，今日随风落俗尘。

母校偶过有怀

梅骨诗魂

旧貌焕然心底柔，卌年如梦一回眸。
常爱登高舒望眼，几曾踏浪弄潮流。
题诗落叶吟哦志，携友山花评说秋。
多少师生风采写，无情岁月有情留。

注：《山花》自办诗刊。

蝶恋花·重游校园

张石英

靠近校园图画室，扑鼻书香，勾起心相忆，曾记描花生品格，勿忘师说乾坤策。

此际风传春信息，转过�廊，漫步兰亭侧，一地阳光苗草茁，千枝梅朵争春色。

执教生涯

如意

三尺方台不足夸，春蚕丝尽满天涯。
一支粉笔描千秀，半盒丹青染百花。
万壑争流云出岫，轻涛拍岸浪淘沙。

先生松树托金色，后起朝霞舞紫纱。
最慰心间欢畅事，李桃四海再无他。

母校重游

寒雨

相约同窗故地游，林幽曲道阻凝眸。
时传春鸟啼深树，断续书声出教楼。
满腹情怀人别久，一园绿水味还稠。
窗前又起沙沙笔，化作清风寄远舟。

鹧鸪天·走出校门

随心

思绪随风到处流，落花天里舞金秋。淡烟疏柳城南事，直步青云层上楼。
鞭快马，驾轻舟，离乡赴任懒回眸。今朝但觉繁华尽，捧起自家土一抔。

卜算子五韵·同窗的你

刘晓岚

一

梦里校园回，又忆调皮你。虫子捉来书里夹，吓坏同桌女。

再见遥无期，岁月沧桑里。只盼君安是我安，一路无风雨。

二

梦里校园回，又忆贪玩地。唤友呼爬小河。两腿泥巴里。
岁月如漏沙，别后遥相忆。再次重逢花甲人，旧事随风起。

三

梦里校园回，又忆同桌你。长发飘飘豆蔻年，云鬓谁盘起。
故地又重游，往事撒一地。年少轻狂何处寻，遗落红尘里。

四

梦里校园回，又忆多情你。学妹纷纷窗里探，书信多如雨。
再见是他年，霜色青丝里，难觅轻狂美少年，笑语来相戏。

五

梦里校园回，又忆书呆你。小字含情托递人，再见含羞语。
红尘一别离，谁手君牵起。岁月青葱昭华去，陌路隔千里。

渔歌子四韵·致同窗

刘晓岚

一

常忆同窗共梦人，风霜如刃老其身。
容颜旧，鬓霜新。年少轻狂笑处寻。

二

数载同窗笑语频，童年遥忆最清纯，
麻雀罩，杏儿分。旧地梦回往事寻。

三

一别同窗二十年，青葱岁月已桑田。
千里路，万重山。逐梦天涯总挂牵。

四

再次重逢涌泪花，红尘一梦各天涯。
相见少，分离赊。浅酒轻叹暮色斜。

母校感怀

晚秋

难觅十年桃李情，花间柳下已无痕。
曾经泼墨蓝图绘，三尺讲台耕半生。

临江仙·母校有感

晚秋

曲道林深遮望眼，时传小鸟啾啾。草青水绿旧颜收。书声时断续，思绪入高楼。

豆冠年华虽远去，寒窗十载无忧。披星戴月画春秋。曾经多少梦，今寄远行舟。

临江仙·同桌的你

形心扉扬

豆蔻之秋初遇见，三年相伴书生。忆君当日剑眉英，体能跃赛道，文可绘丹青。

待到及笄情更甚，草花琴瑟和鸣。可怜岁月太无情，同桌人已远，初恋梦犹惊。

再忆初恋

隆武

无眠子夜问由因，又忆同窗那几春。
小楷一封传爱意，丹心两颗醉红尘。
苍天负了情缘久，岁月还回故事真。
当日雨中行别后，如今已是陌生人。

路过校园

米蓝

清晨路过校园旁，朗朗书声正气昂。

可叹当初无远见，如今悔恨断柔肠。

毕业季

风雨彩虹

时光荏苒又匆匆，六载拼搏羽翼丰。
展翅翱翔迎骤雨，明朝万里傲长空。

醉花阴·念师恩

定西彭彪

一簇诗花开卷底，忙把征程启。笔下墨生香，暗恨时光，不见颜公体。
何人碧血丹心递，为我铅华洗。挥手念师恩，问暖喧寒，杯尽红梅醴。

校园梦

紫渝冰雪

斜阳草色校园新，难觅曾经同桌人。
情怯含羞多少梦，清风吹远落红尘。

校园抒怀

月盈闲庭

郎朗书声映碧空，呦呦百鸟伴青葱。
一方净土平生志，三尺讲台传道中。

西江月·园丁二首

独孤客

一

三尺讲台横渡，一生心血平书。心无私念愿为奴，吸尽笔灰几缕。
沐育鲜花无数，栽培知识消愚。教鞭点缀绘蓝图，又有谁知辛苦。

二

文苑芬芳暗吐，诗坛墨韵清徐。花香引蝶草虚无，陶醉莺歌燕舞。
醉卧云山深处，流连花海长途。园丁引日醉挥锄，汗滴悄侵黄土。

西江月·老师

碧空路野

室内答疑声起，书中解惑饥餐。咬文嚼字慢挥鞭，教诲孜孜不倦。
到死春蚕丝尽，换来国栋情安。一方黑板育英贤，甘为人梯何憾!

一丛花·同学会

碧空路野

少年同室染书香，寻梦走八方。搏击各业潮头立，同学会，欢聚学堂。机遇不同，低声暗叹，得意唱辉煌。

乡音最是慰离殇，托酒话情长。涛声依旧心犹在，往昔事，谈笑痴狂。暗恋窃声，激流涌动，泪眼诉衷肠。

忆校园生活

张立芳

吃饭

食堂排队若长龙，吃饭围桌练站功。
不意何时独剩我，无人看见脸羞红。

上课

两眼直勾看讲台，支撑瞌睡手托腮。
任凭都是模糊影，从不吭声我最乖。

病休

生来体弱又多愁，住校生涯是病休。
有我天天看宿舍，同学财物不曾丢。

忆上学

白竹逸人

勤学黉门白竹娃，鸡鸣结伴过山崖。
书山奋笔登峰日，古堰欢歌记忆埋。

忆学

田建忠

学堂立志向蓝天，总把时光付翌年。
岁月流失成幻影，茫然两眼苦耕田。

岁月流忆昔

缘梦

十年碧梦百科优，志向凌云奋力求。
无悔青春归故土，讲台三尺爱心留。

早晨校园

东君

青松翠柏色苍苍，学子书声满校堂。

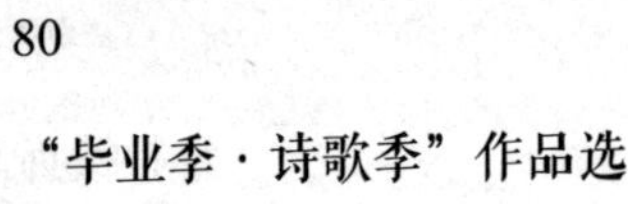

此日辛勤留汗水，他年定是作栋梁。

忆中学时光感叹

东君

一

别校多年忆学堂，挥旗反孔气焰扬。
匆匆两载时光过，课业无闻各一方。

二

青春辜负好时光，晚岁方才悔莫当。
彼日如能勤学业，岂有如今叹息伤。

校园生活四首

缘梦

早读

未启晨曦早读忙，校园处处颂文章。
朝朝声沸先鸡叫，不负年华做栋梁。

晚读

夕阳艳照踱操场，语外书声绮梦扬。
一片冰心奔理想，胸怀宏志少年狂。

忆昔

四载时光笔底寻，如歌岁月总牵心。
梦回旧地同窗聚，忧喜心伤不自禁。

忆旧

求学十年一梦寻，悠悠往事满杯斟。
每经母校频张望，几许情怀叹此心。

五中同窗

南子

匆匆光景日时迁，母校依稀俊少年，
毕业别离无信息，同窗好友可安然。

枌榆社“毕业季 · 诗歌季”作品专辑

别中华文化传承班诸同砚（外三首）

渠芳慧

京门十日去无凭，我欲吟别颇不能。
伊昔相看还历历，芸窗同剪数夕灯。
书剑久绝重负笈，旧雨新雨来复增。
人间五月堪青眼，况从社院说经承。
静萼依枝荣华绚，曲池莲小初相仍。
有师解惑兼传道，共销茫昧证心澄。
遍探佛儒参庄老，诸公德宇俱崚嶒。
绘事后素孰起予，师古不泥超规绳。
斫轮丹青并操翰，歌笙戛玉文敲冰。
飞廉九派召俊逸，彼苍四维抟大鹏。
云烟啸侣感鹗荐，谭艺当世为股肱。
萃园虽辞情长在，未可一一惟服膺。
讵悲万事转驹隙，陟见朝暾杲杲升。

感怀高考

天向神州集凤毛，四方名动品尤高。
采芹每见勤还奋，毓秀何辞苦与劳。
芳草春霖滋拓取，黉门暖煦乐钧陶。

树人个个成龙后，报国兴家两自豪。

同门钰云师妹自八桂游姑苏

流光易抛掷，行踪变若云。
久别消息绝，迩来忽复闻。
言说游苏杭，方寸怡然欣。
吴会居八载，我视若榆枌。
谓能导兹游，告我偶离群。
跟团只一晤，番如强行军。
暑尽秋将立，炎景尚炘炘。
薄暮向枫桥，踯躅望行勤。
白鸟过悠悠，霞飞水沄沄。
经年既相见，疑仙却是君。
风飘翠玉带，俄拂茜罗裙。
忆昔师门中，同道俱采芹。
排行年最小，谭概及艺文。
每得揽所作，郢匠自挥斤。
万事皆匆遽，忽忽相隔分。
碌碌居一涯，所历各纷纭。
细忆真愚者，不如游且殷。
时竟飙然逝，赤昙接素雯。
送君觅渡桥，渚清兰蕙芬。
水面映城堞，澹澹生波纹。
延眺舟已远，暮色渺无垠。
八桂在天末，回首尽残曛。

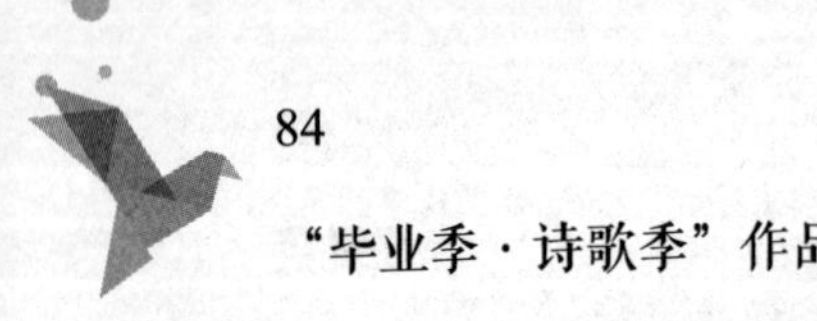

南乡子·府学樱花正绽

睡起道山前，晞露时候尚带烟。也有灵枝思入泮，堪怜，逸向清漪仔细看。

无此辟雍虔，千载春风大雅间。红紫林中欣负手，年年，一片深衷注杏坛。

注：府学即苏州中学。

水调歌头·毕业感怀（外一首）

陈修歌

今我独行路，心思久难安。惯为垂袖乘客，诸事不相关。二十年来一梦，醒后青丝钗凤，长剑在腰悬。终有别家日，风起作鹏旋。

遇岔口，忽明暗，有深渊。前途未卜，泥泞荆棘任绵延。待到伤疤愈尽，天赐梅花烙印，百味历人间。挥手驱车去，是夜月如环。

毕业有感

南风薰翠陌，四野簇青球。
目润芃芃景，心驰眷眷鸥。
相逢年未满，离别泪难收。
聚散漂萍事，悲欢逆旅舟。
放怀诗酒剑，散牧马羊牛。
箭矢逐飞雁，天涯失匹俦。
忆遥空念夏，思远怕经秋。
帘外芭蕉绿，庭前榆荫柔。

小池浮积糁，金井引银瓯。
簌簌枣花落，潺潺云涧流。
新苔攀石滑，幼蚪卧沙游。
人醉红榴海，情迷燕子楼。
暮光残梦屑，落日枕霞绸。
脉脉清氛绕，泠泠晚壑幽。
鹤归沉岫霭，江涌坠星愁。
华霰偷吞月，轻萤欲上楼。
群峰连影暗，孤馆寄梅稠。
十载寒窗事，一襟凄绪休。
扶摇抟广宇，身世寄蜉蝣。

我的校园

郭文泽

贺新郎·忆八义集高中写读书笔记兼呈众恩师

乡下时穷困。至无书、亦无书店，更无人问。学业日间繁且重，高考文崇议论。吾特例、情诗坐镇。其实初无情对象，只少年乱抹朦胧韵。新旧体，不嫌嫩。

当年中考留些恨。县高中、惜乎不及，耻而长奋。既入八中称老大，每被诸师亲信。师亦是、青年才俊。一梦十年之久矣，尚青春或已斑斑鬓。吾未立，愿承训。

贺新郎 · 忆十年前肖向东教授携诗刊讲新诗

师也才情亮。课堂间、说书讲故，令人惆怅。恨不扳回三十载，同去诗坛莽撞。看改革、繁花交放。多少朦胧多少梦，为新诗探索新模样。悲与喜，或将忘。

更携珍本诗刊档。借来观、塑封完整，纸黄难仗。翻动怕惊时光散，况已香如醇酿。读海子、忧伤麦浪。师曰世今重构起，既学诗当以诗心抗。路漫漫，敢谦让。

回母校感怀并寄恩师

韦代森

母校重游风物殊，光阴弹指感唏嘘。
师恩难报铭心久，学业曾扶涉世初。
岂信飞腾蕉下鹿，终教幻化海中鱼。
男儿誓勒燕然石，不负当年夜授书。

临江仙 · 车过母校有作

施玉琴

忆昔榕阴围小坐，残灯花影疏疏。一樽共饮记当初。醉中吟逝水，醒后总难书。

岁月不知人事改，幽情挂满苍梧。纵然缱绻意何如。云鸿相约处，一笑看云舒。

桂枝香·毕业赴钱塘赠潇湘知己

肖弘哲

人摇车辔，怕瘦马催停，吟鞭东指。恨有珍宜须道，欲言犹未。吴头楚尾空相望，再休谈、见时容易。武陵悲雁，钱塘霜柳，江山迢递。

念今后，黯然已矣。便隔帘听雨，深宵裁字。笔底千般滋味，与谁偷寄。纵来满腹伤心事，但棠阴蕉梦词里。南楼烟水，更难托付，一包红泪。

毕业赴蜀遥寄弘哲兄（外一首）

周新民

阆水苍茫越水迢，鸰原一别过东桥。
曾同面壁习奇字，尝与擎旗弄怒潮。
蜀道飘零伤白也，江南潦倒敝乌貂。
故人莫问归消息，风雨潇潇枕梦遥。

水调歌头·致毕业诸君

才饮灞亭酒，已过玉蟾峰。何戡低唱，渭城将罢意犹浓。莫恨云中无信，只恐平芜尽处，烟雨锁千重。池上柳飞絮，南北又西东。

曾记否，侬问字，我雕虫。花开时候，笑倚桃李醉春风。今日登桥题柱，且共摇鞭跃马，仗剑啸苍穹。谁道功名就，定是白头翁？

文墨诗魂吧专辑（上）：贴吧作品集

偶过校园

柳常客

何处容回年少游，故人一去两悠悠。

天涯信有重逢日，毕竟江湖同系舟。

满庭芳 · 告别沙航

紫汐

碧草飞光，疏花照影，小湖嘉木葱葱。暮云行远，清夜有鸣虫。楼外兰园野阔，弥望处、山月朦胧。清音起，离觞莫诉，应是古今同。

匆匆。谁付与？韶华暗转，逝水惊鸿。记年少相携，誓语星空。此去征程万里，风举翼、且试苍穹！重回首，参商刹那，自会有相逢。

毕业季

丝愁续梦

青春无迹自匆匆，十载如风恨几重。

旧雨谁堪寒意重，垂杨曾见绿荫浓。

曾经许愿心忽冷，年少摘星梦已空。
杯酒盈盈犹是泪，笑说何处不相逢。

毕业季感怀（外一首）

冯平川

十年苦读梦方圆，一笔秋毫动长安。
回首寒窗吟岁月，聆听惊雷拽春烟。
佳人才子初争艳，社稷胸怀换晴天。
轻瞻北斗书长卷，明月无声夜空悬。

七月毕业季咏怀

明窗半落月庭幽，夜澜灯花未展留。
若芷凌河田叶碧，白狼倦倚对朱楼。
姗姗蝶影移窗梦，蔓蔓诗香凤凰游。
七月流馨随雁寄，一声文曲几多愁。

清平乐·赠别（外一首）

慕云

将别迂绕，处处风光好。学海徜徉同昏晓，回首旧欢多少？
举杯尽管消愁，今宵一醉方休。他日重逢畅饮，更添无数风流。

清平乐 · 赠同窗

朝朝暮暮，农大寒窗苦。命运莫知由谁主？何地可堪用武？

潜龙蓄势无痕，鲲鹏展翅脱尘。肉眼安识神物，英雄休问出身。

毕业季兴致感怀

伤痛了无期

林阴径里结知音，数载寒窗挥手今。

一路天涯携姓字，长嵌梦里惜同金。

毕业了（外一首）

文 / allenw73

别意何时直透心，全因结业已将临。

多年走读同窗过，几位知交共梦寻。

羡慕他人能致远，综观来日或通深。

当前抉择尤为重，未怕风霜冷漠侵。

唐多令 · 毕业了

回顾校门楼。悲欢两可休。过台阶、另新猷。遥想他年忘不了，缘影处，少年游。

席散便分流。前行面九州。愿良朋、再会同修。今日适宜先话别，燃志气，理中求。

钗头凤·高考落榜有感

缘为 ta 等待

学十载，只一赛。跳跃龙门隔半百。倚窗栏，月光寒。家长里短，冷语还缠。烦，烦，烦！

他失败，无人睬。唯留数字分好坏。泪痕残，强装欢。逢人怕问，考试多难。瞒，瞒，瞒！

同学会

陈梦蕖

相聚今宵忆旧年，昔时同在杏坛前。
课堂共解一题趣，散学食无别样餐。
四载时光归梦里，五经更续泛茶烟。
虽言各自为歧路，还愿诸君再比肩。

点绛唇·谒师

秋雨轩主

昔入黉门，寒窗励志尘嚣远。沉迷书卷，西席谆谆勉。
屡度春秋，桃李芳菲绽。怀夙愿，谒师恨晚，今日终圆满。

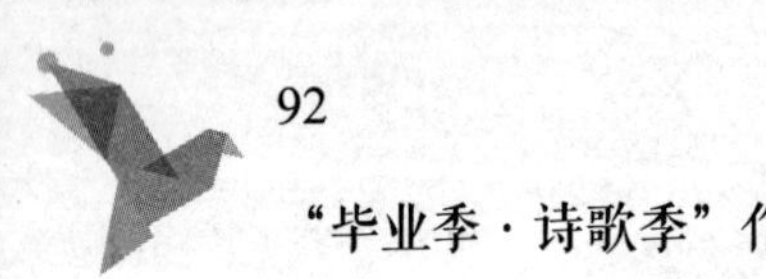

水调歌头·那一年我们毕业了（外三首）

无份了相思

心事如莲子，愁绪似春蚕。未曾干了，当时司马口中衫。多少觥筹交错，算作天涯沦落，梦在北之南。所谓伤心事，不过二和三。

依旧是，冬时冷，夏时炎。逃离不了，人情世事各酸甜。想我今生今世，应是欺心太久，何以见天蓝。方有一轮月，转眼又如镰。

水调歌头·成长的烦恼

醉过知杯烈，爱过解情浓。这回去了，刀山之上第一峰。昨日情深情重，今日缘分缘灭，信有一封封。只是肠穿后，此刻在花丛。

人生呐，大多是，不相同，为何又是，一样滋味对灯红？想想真该后悔，可又没迁回处，一片脑空空。看看街头景，怎样算轻松？

摸鱼儿·大话青春

问世间，哪来真爱？情人分手何在。红红枫叶常催败，相忘几经人海。山不改，但人已、三生背了多些债。因谁主宰？算只有殷勤，青春陷了，才懂锦衣丐。

偏缘分，误了今生等待，从来多少无奈。山盟海誓成何必，发里偷增千百，知太快。这世上、难逃命运和年代，一般伤害。便借得神雕，梦中侠侣，漂泊白云外。

蝶恋花·终将逝去的青春

旧梦镂空明月少。又怕凭栏，又怕秋风早。许是伤心长醉倒，相思如果云知道。

是否天涯人最好。只有闲愁，无有闲愁恼。一页痴情心未老，青春去后谁家笑。

惜红衣·毕业季（外二首）

沉香一幕

芰盖清圆，芍花醉晚，渐教人惜。巷口乌衣，来寻旧时迹。眉山万累，都忘却、才人词笔。停屐。蒲柳岸边，恨桃风难楫。

抟云六翮，梦里曾经，沧流尽能击。漫叹旅北道上、鲫如织。二十四番重过，怅是路遥行仄。但数劳劳事，今次最堪长忆。

鹧鸪天·宿舍草窠寄语

莫负春生拟落花。各分流水到天涯。阳关罢唱三杯醴，蜀客如期八月槎。

人不寐，月微斜。弹弦四载指间沙。愁心且展丁香结，诗酒当歌趁岁华。

满庭芳·丙申毕业影集扉页有题

远辙迷离，韶光渐暮，杜宇声彻长亭。数峰无计，相坐待晨庚。劝进一杯别酒，明朝向，漫路趋行。从来是，南迁北渡，弹剑发锵鸣。

峥嵘。当此际，梧桐涨嫩，泉醴澌冰。恰少年裙屐，欲试凰翎。三万六千场醉，何须道、忘却营营。古今事，宜歌太白，跨海斩长鲸

文墨诗魂吧专辑（中）：QQ 群作品集

诗词

清平乐 · 寄同窗娇娇

帝乙俊

青枝白露，细雨羞花圃。遥念与娇同窗苦，折柳赠君难诉。
绿波恰绕白烟，蜓戏嫩荷初尖。愁绪难丢思意，流光似映华年。

儿童节记忆

路人丁

今日校园多乐声，栏杆彩带舞相迎。
气球身后捏成爆，喷雪衣前画作英。
最爱分糖常有剩，还愁抢凳总无名。
童心不信光阴短，嗔道来年要复争。

采桑子·忆菁园

牧云散人

菁园岁月堪追忆，情谊如花。不落尘沙，三载同窗似一家。
依稀梦里曾相会，青涩年华。懵懂无邪，缘系今生值傲夸。
菁园是我的中学，江苏省南菁中学。

感怀有作于毕业季

山海有渔忆秋香

青春似水浑如梦，几缕愁思几本书。
轻抚楼头青翠柳，漫思水畔楚时渔。
闲吟赋曲悲淮海，薄幸长门病相如。
夏夜漫长无好梦，青莲知我为谁欤？

玉楼春·室友

风霜但自保

同窗携手人生路，求学闻鸡常起舞。我曾豪语效刘琨，君却欣言如晋祖。
如今室友知何处？一片初心谁与诉！斜阳杯酒忆当年，但借鲤鱼传尺素。

忆童年六一

伤感一中

每逢六一忆童年，少小贫寒亦似仙。
陋室蓬门无节目，老师家长自由天。
弹丸追射林中鸟，野渡游捞水里莲。
往事清稀多乐趣，怀思依旧醉心田。

校园梦

紫渝冰雪

斜阳草色校园新，难觅曾经同桌人。
情怯含羞多少梦，清风吹远落红尘。

水调歌头（外一首）

酒痕对

窗罅滑疏雨，提指试冰痕。淹留尺墨惊久，不意负残春。似水流年多少，尽入濛濛烟霭，回首已纷纷。轻叹著无奈，惆怅起心魂。

登临处，寒风里，剑书臣。功名仿佛，人生堪得几多闻。一鉴方塘澄澈，一处寒天风色，独我是残存。纵笑转头去，只影闭深门。

自题

且惜涓埃日月更，惊心屈指十年灯。
心雠尺墨宜多顾，身薄寒云路几层。
踟蹰梧桐念鸾凤，睢盱绛纬度鲲鹏。
何妨沧海无人识，但使孤蓬万里征。

毕业后游母校有感（二首）

一针

踏莎行

故地重游，娇莺啼语。东君缱绻初无力。折花凭寄一枝春，试思年少疏狂意。

空赋新愁，旧情难觅，白石还叹无词笔。痴情未解绛都词，而今竟惹东风泣。

水调歌头

常觅往年迹，不见少年游。陌中折柳，春风牵系几多愁？唤问流莺娇语，遥见经年归雁，无事自悠悠。意气少年事，携手泛兰舟。

算如今，毕业了，忍淹留。东西南北，浮萍无本任漂流。今剩残更病酒，别后曾常忆否？念此遂烦忧。此意寄明月，相作玉人俦。

毕业三十年重回母校有感

半坡居士楚客

重回母校

故地重回草木非，青葱与我永相违。
凄离雨打残墙报，萧瑟风吹旧校徽。
四面楼群拔地起，独家关系饱肠肥。
此身恨只观光客，落得苍凉带泪飞。

注：回乡偶然路过三十年前就读的中学，（由于镇上有两所中学，后合并，作为宿舍，后渐废弃）见到昔日熟悉的校园，热闹的操场，周边被卖给当地建筑商，盖成违章商品房……并逐渐蚕食着校区，此情此景，不由惋惜落泪。

卜算子 · 校园忆

冰雪

一抹夕阳斜，寻觅儿时路，回首同窗旧日缘，含笑泪倾注。
年少梦千般，壮志凌云诉，二十年间寂寞添，往事又回顾。

青玉案 · 忆同窗（外一首）

洛安若言

飞花吹尽相思叹，风雨去、独留念。海角天涯何处见。当时年幼，愿亲相伴，意满如家眷。

红尘莽莽南飞雁，诗寄春秋转空换。试叫一声姑可愿？梦生春晓，情生无限，一纸来相惦。

无题

别梦依稀记故园，嬉嬉玩闹课余间。
五年经历悲观事，四季生得几处闲。
烟雨凄凄愁浪子，古道陌陌树中鸢。
山隔远水千重难，愿与欣人共赴川。

微信群新诗

分数线

张世琮

成绩单上的数字
透着寒意
爬不上那道命运格子
阳光灿烂依旧
照不暖冰凉的心
脸上没有笑容
长辈把钱存进了零利息的银行
战战兢兢交不出
一份满意的答卷

小诗（外一首）

傲霜

很久很久以前
你我就共同创作
创作那首
属于你也属于我的诗篇
在校园的夜晚

很多很多文字写就
你我的分手遗憾
告别青春
蓦然回首中才发现
未完成的诗作
上阙仍空
下阙已填

悄悄话

总不能像你
潇洒中挥挥手
抹去那段回忆
那段情意

总不能像你
明知道错了

仍倔强的
不肯说对不起

我不敢潇洒
也潇洒不起
谁让女子
柔情似水
又娇弱如泥

青春之恋

雷小波

阳光闪耀在飘逸的发尖，
汗水里蕴藏着青春的气息！
轻舞飞扬的岁月，
激情在血液里流淌！

荷尔蒙的味道，
让稚嫩的心儿悸动！
初见的羞涩，
让少年少女不知所措！

莫名的忐忑，莫名的失落，
莫名的期待，莫名的激动！

情窦初开的年龄，
却总说：问世上情为何物！

不知为何多愁善感，
花落叶黄，春去冬来，
生老病死，离合悲欢，
仿佛世上一切都与我有关！

憧憬十里桃花、三生情缘，
用相思把纸鹤折满！
懵懂的爱恋，
却最纯真直白！

时常梦见那凉爽的夜晚，
并肩坐在洒满月光的花园，
用简陋的吉他，
轻轻地弹一曲《青春之恋》！

文墨诗魂吧专辑（下）：微信群作品集

诗词

清平乐·致青春

玺之

舞勺豆蔻，桃李天凝秀。待挂云帆千舰首，是那青春时候。

晨读无意春妮，晚习不晓星稀。只盼拿云揽月，誓攀无上云梯。

桂枝香·深秋观晚霞怀思昔日同窗

竹木屋主

极楼远眺，对瑟瑟暮秋，高天低调。七彩霞光闪烁，云烟缭绕。园中宫阙分层染，尽残阳，焰红同闹。河原明灭，山川上下，余晖斜照。

自吟咏、消魂年少，正倜傥风流，琴剑相耀。而后须当怎样，前程谁料。于今日，各奔其所，叹何年、相聚同笑。有缘风景，无缘风向，各中玄奥。

忆秦娥 · 校园古树

小李探花

寒风烈。只身孤影风中噎。风中噎。常思旧日，广枝繁叶。
参天巨伞骄阳樾。学童欢笑心中惬。心中惬。试看新岁，再邀明月。

清平乐 · 青春岁月，步韵黄庭坚

绿踪

书山去处。墨海寻常路。哪得云去处。喜鹊换来巢住。
了无梦迹谁知。轻歌漫舞如鹂。勤笔安怀自解，凌波湖里香薇。

同学聚会

竹木屋主

一

几多感慨几多秋，无尽年华似水流。
天作行成容易改，人生知己最难求。
推杯换盏追希望，说地谈天侃自由。
一别何时重聚首，遥相挥手在高丘。

二

旧事推移一片秋，时空起落共争流。

卌年离乱凭谁问，万劫思宁是我求。
往日辛酸生有患，余年憧憬命无由。
别来欲语伤怀处，望眼依然隔岭丘。

三

凄清残梦忆春秋，逆转时光水倒流。
日旧模糊繁不乱，月新惆怅更何求。
去来万事寻常乐，来去寻常万事由。
走罢条条荆棘路，崎岖山径尽荒丘。

寒窗苦读

寒宫仙

秀才不厌断饥羹，窗下孤灯共夜明。
冷露摧成风也恶，贫窑欲裂魄尤惊。
十年闭户无年感，百贯藏经为宦名。
引笔君前心易怯，蟋虫莫扰读书声。

忆北林大六十年校庆同窗相聚

耕心

匆匆岁月不由人，肩负风霜数十春。
盛典应邀千里聚，金杯互举万般亲。

回思六载同窗事，畅叙多年异地尘。
三日欢言叹惜别，天南海北又离分。

我们的毕业季

陈武华

毕业

一

寒窗十载共登楼，此日匆匆各自游。
校内唯君知委曲，眼前独我去漂流。
金杯互盏添新恨，玉臂相扶话旧愁。
一去空言情脉脉，千年夜雨荡悠悠。

二

三年风雨共寒窗，此刻分离忘短长。
意气凌云言壮志，高情逸韵往何方？

惜别

连天细雨乍初停，数载同窗欲远行。
远树蝉嘶心绪乱，男儿有泪也思情。

言志

寒窗苦读十春秋，多少情思多少忧。
五岳三山何惧险，从今仗剑四方游。

聚餐

青溪绿树夏风凉，紫菜红茄酒饭香。
又忆寒窗长短事，轻衫泪湿话家常。

查分

春秋十度忆风霜，自古辛酸试一场。
网上今天公布日，神情忐忑手心慌。

怀念校园有感，步韵

燕蹁跹

只恨当年一半知，书山哪有弄潮儿。
等闲失却龙门望，便与今生误夙期。

写于高考

凡鸟

今夜帘帷复几重，好乘祥瑞入长空。
有心摘取蟾园桂，道是英才一卷生。

校园

林乾锋

朦胧年少知书地，流转时光在异乡。
百态人生随志命，回头思望愿天长。

新诗

消失的青葱岁月

寒宫仙

曾经的某一天，
晨曦把窗推开，
柔柔的站在我身旁，
微笑着
等着聆听，聆听
那一声声朗朗的抒情。

我们僵持着，
因为——
因为我的心飞向了
春天的翠野、
夏天的池塘、
秋天的鸟巢、
冬天的雪藏。

你却为了中午的太阳，
想掏空我青葱般的灵魂，
左右我的方向。

而今，
我不祈求回到从前，
穿梭般的岁月，
徒增了太多的沧桑，
在这暮霞底下，
在这无路可退的最后，
我突然忆起，
忆起那个晨曦。
我不得不说，
我爱你！

别说毕业后……

海之华

别说毕业后哪里能见，
桑梓外面，还有天地。
看那候鸟，南北迴迁。
南国红豆，北国漠边。
黄河天来，珠江涟涟。
我想看看草原，
也想看看海天。

别说毕业后哪里能见，
万卷书外，万里世面。
春蚕破茧，羽化成蝶。
素丝虽长，却只一线。
欠月清辉，无花斗艳。
我想领略峰雪，
也想领略沟堑。

别说毕业后哪里能见，
梦后疲倦，青鸟相劝。
白云自在，高远蓝天。
金乌升沉，嫦娥在月。
天地之外，几多天地。
我想守心内观，
也想遍知华严。

别说毕业后哪里能见，
身在能，心怎么见。
心能见时，何必身见。
身见心见，谁是真见。
本来未动，不见亦见。
我观风雨雷电。
我学莲花庄严。

木兰诗社及其青年作家群“毕业季·诗歌季”作品专辑

诗词

我的大学（二首）

陈明智

大学毕业三十年聚会

又至桓仁雅水边，白云闲倚画屏山。
木屋夜傍清凉宿，漫话寰尘卅载旋。

注：桓仁，地名，位于辽宁东部。

眺大学校园

迎日崖边俯翠冈，卅年云梦沁心香。
萦怀最是松间月，曾照吾侪映雪窗。

为毕业者小吟

徐恺

正是青华好梦痴，恰逢月子欲圆时。
梧桐绿透擎天荫，知了吟熟盛暑诗。

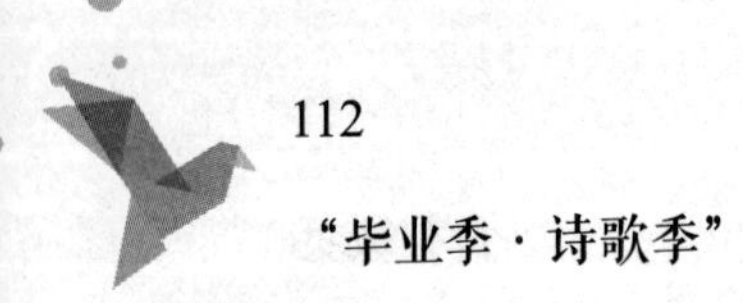

为有云怀托壮志，敢留风骨寄心期。
他年置酒重逢日，斟满佳成谢导师。

同学

孙承

无亲无故有因缘，同课同吃愿比肩。
三载求学情网入，一生挚友意相连。

忆同窗

张丽萍

一

久住闲庭户不开，常凭诗酒怅幽怀。
无端更忆香樟曲，卅载别来鬓已白。

二

天使摇篮追梦来，杏花争在故园开。
同窗三载情何重，一曲心歌不胜怀。

三

折柳分襟未远差，家山月下共徘徊。
医德同筑扶伤梦，心境纯于云色白。

四

晚来秋尽鬓双衰，昨日青春不再来。
幸有琴书茶作伴，常同挚友话离怀。

注：挚友，在卫校学习期间的五位好友。香曲，是毕业前一天晚上，余即兴谱曲，刁赛兰作词，小妹张丽珍一起修正后创作的，象征同学情的歌曲《我们相识在春天里》。

梦中校园总是歌（六首）

吴景荣

重回师专校园

幽襟何寄绕三匝，梦影依稀岁月遐。
空立藤荫蝶舞夏，娇多一忆小园花。

山花书签

此生谁未有珍藏？拈嗅仍萦那日香。
多谢今夕风撳动，幽幽回放旧时光。

金秋毕业卅年同学聚会

一

美酒千盅入热肠，金秋卅载聚同窗。
本来已是十分醉，往事一提又尽觞！

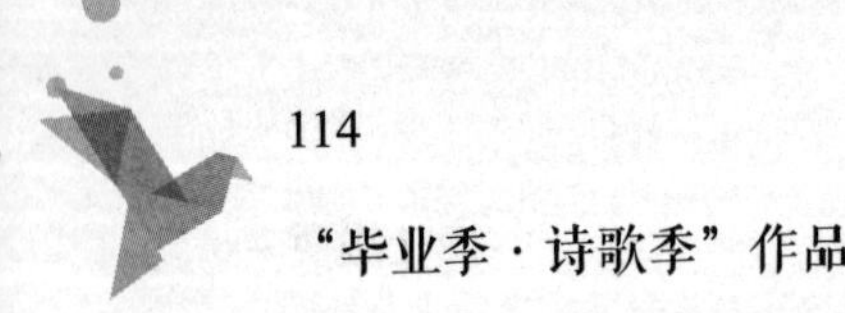

二

霓虹炫影舞翩翩，歌绕行云月正圆。

鹤鬓鱼纹料难掩，一颦一笑觅当年！

三

雁阵联翩过碧空，流光人事俱匆匆。

且酩颜面拚一醉，直教秋枫逊我红！

教节咏老师

身正堪为范，学高乃谓师。

树人无限爱，传道满怀痴。

霜雪先侵鬓，杏坛争尽职。

此生芳四季，桃李绽心枝。

毕业季（二首）

刁赛兰

鹧鸪天·中学毕业四十周年聚会感题

枫绿枫红转瞬间，寒来暑往四十年。霜岚冉冉摧乌鬓，泪眼关关忆稚颜。青涩梦，恍如烟，戏说糗事忘龄欢。今宵把盏重逢际，诚谢同窗那段缘。

诉衷情·护理专业学生毕业寄语

悉心耕种杏花园，欣慰果儿鲜。又别追梦天使，渐入绮云端。

情不舍，意相牵，爱拳拳。殷殷期盼，使命担当，佑护康安。

小学毕业照

刘庆友

合影如今已泛黄，清纯脸蛋一张张。
阿猫阿狗人何在，梦里常来是小芳。

清平乐·南芬中学82届同学会有寄

辛敏

魂牵梦绕，恋恋青葱貌。卅载同窗情未了，今夜犹回年少。
话说那块橡皮，校园趣重提。满满温馨回忆，纯真依旧无敌！

同学聚会有感

于慧新

毕业三十二年，桓仁古城欢聚。
登临五女仙山，饱览历史遗迹。
拍摄山水美景，抛撒欢歌笑语。
鸟瞰八卦名城，惊呼险峻天梯。
畅游桓龙圣湖，品尝浑江鲜鱼。

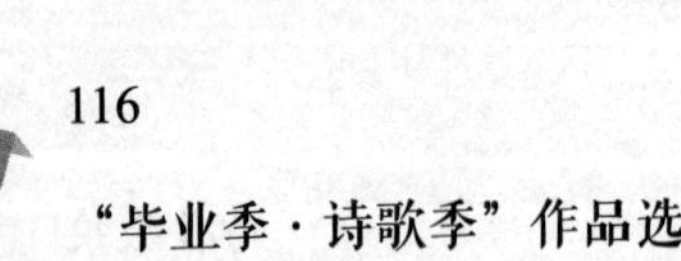

漫步章樾公园，聆听悦动舞曲。

狂吃路边烧烤，豪饮冰爽扎啤。

深感余兴未尽，期盼再次相聚。

学生毕业有赠（外一首）

鄂一溥

和风细雨润华年，莫负春光垦砚田。

休厌谆谆多嘱告，愿成大木柱长天。

学生离别有赠

胸有情怀问艺来，寄情翰墨弃俗胎。

苍天自古酬勤者，万里风云任尔裁。

新诗

懵懂的爱情（外一首）

张鸿博

恋爱

我是一棵小草，

从梦中到现实，

不停地注视你，

露珠…

阳光多么灿烂，
只有在你的照耀下，
才会有这几多美好的回忆，
因为那是最为珍贵的想念…

我从树下经过，
留下了泥泞的脚印，
最长的歌谣与你分享。

我在路上前行，
听着周围的鸟儿在唱歌，
因为我的心在飞翔！

你、我，在一起，
因为爱让我们懂得，
懂得了什么是生命，
懂得了什么是生活，
最终懂得了什么是我……

在生命的最远端，我遇见了。
在生命的当下，我遇见了你。
期待，期待生命的歌谣……

半琴心

我看着那天上的半个月亮，
从此看到了我的爱情，
此起彼落的爱恋，
你是我的忧伤、我的心……

音乐再次响起，
你与我一起听着这首《琴师》，
原来的你总会应着歌声，
而今的我却只是浅浅地听着，
歌者的心，
一览无余！

现在的我只余下半颗心，
仿佛这半颗心成为了琴，
最终附和《琴师》的音色，
慢慢地成为半琴心曲，
随风而逝……。

半琴心，
你怎样再听这曲子，
最终回到空中，
飘入那无名的怀抱。

校园情

杨照仪

笔耗尽自己，送纸满腹经纶。
根埋没韶华，送枝万古长春。
山腐朽时光，送河输泻跳蹙。
慈师的霁颜，温暖我们的心。
古时寒窗十载，辟雍成为第二个家。
今有校园十二年，点亮心灵起航的方向。
她是滋养我们的温室，护我们远离鲸波鼍浪。
现要离开她的抚庥，心有不舍……
依然面对！

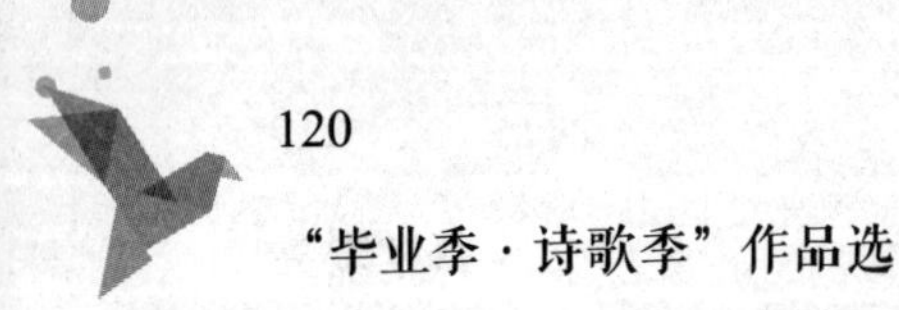

本溪市诗词学会
“毕业季 . 诗歌季”2017 作品集

诗词

致青春（六首）

谢毅

尊师感吟

五伦赫然列，举世重师情。
莫道讲台小，谁言粉笔轻？
铸魂传道德，沥血育华英。
教范高如岳，未来肩上擎。

咏大学生村官

养禽种果细商量，志在贫村步小康。
网上寻来外销地，夜眠头枕稻花香。

校园晨读

草坪坐读晓风徐，为我翻开下页书。
身际蝶飞如彩梦，朝霞悄染一天朱。

小学学友微信聚会

天南地北一时临，滚烫微屏学友心。
宛在校园丢手帕，聚圈共把梦追寻。

浪淘沙·同学聚会

满饮各倾盅，酒借颜红。韶远逝已无踪。谁忆校园青涩恋，唤起情浓。
何必问穷通，淡泊心同。别时握热掌间风。守一份真行世路，共祝从容。

致校园（六首）

石喜禄

粉笔

一生欣本色，宁断不弯腰。
化作飞尘去，功名淡淡飘。

黑板

浑身黑墨染，生就辩忠奸。
情愿涂与抹，成才把梦圆。

赠由翊老校长

心同野鹤与尘远，身屹高标根锁磐。
饲养分槽千里马，欲栽大木柱长天。
恶风断桅何须怨，皓月求书志更坚。
昔日杏坛枝愈茂，太河春满又扬帆。

注：“心同野鹤与尘远”，出自韦应物《赠王侍御》：“心同野鹤与尘远，诗似冰壶见底清”。“身屹高标根锁磐”，出自我的老师刘永昌《松雪赠由翊校长》：“风卷白沙古道烟，寒松负雪立崖颠。桑阅尽九十载，身屹高标根锁磐”。“欲栽大木柱长天”，出自杨昌济的对联：“强避桃源作太古，欲栽大木柱长天”。

赠恩师刘永昌

传道答疑爱讲堂，评析月色品荷香。
务实求是编校史，曲阔词高追汉唐。
牖外凝眉忧苦乐，舟头把酒话兴亡。
一枝独秀植梁栋，桃李满园祝永昌。

致同窗新诗友

昨夜梦回母校园，别离五秩话情渊。
无端春雨催花落，有意秋风护果甜。
樽酒论文评李杜，旗亭画壁胜三贤。
莫言曲径前无路，喜看太河又竞帆。

少年游·赠田家和

枫红柳绿美声扬，惊叹众同窗。别离五秩，斑白鬓发，难认昔潘郎。
管弦悦耳扶霓裳，神采透荀香。曲似周公，指挥韩老，何日再同堂！

注：1. 潘郎：指西晋潘岳，《晋书·潘岳传》：“岳，美姿仪，少以才名闻世”。有“掷果盈车”“潘江陆海”等典故。借指颇有文采的美男子。

2. 荀香：东汉末荀彧身体有异香，此处借指歌声甜美，舞姿优雅，散发着香气。

3. 周公：指周瑜。《三国志·吴志·周瑜传》：“瑜少精于音乐，虽三爵之后，其有阙误，瑜必知之，知之必顾，故时人谣曰：曲有误，周郎顾”。

4. 韩老：指母校音乐老师韩光。

青春不毕业（四首）

常桂兰

校园春晓

东天藏旭日，绿柳浴晨风。
书诵楼台上，香飘笔卷中。
循声听鸟语，抬眼醉桃红。
莫负春光好，积才绣锦程。

学友聚会

——于辽阳

辛未落花时，相逢聚古城。
悠悠十数载，难忘同窗情。
纵酒添新论，抒怀忆旧程。
风华犹未减，共勉志堪增。

毕业二十年重聚

——于鞍山

不觉光阴二十秋，人生回首已中流。
岁届不惑犹存惑，心想无忧却有忧。

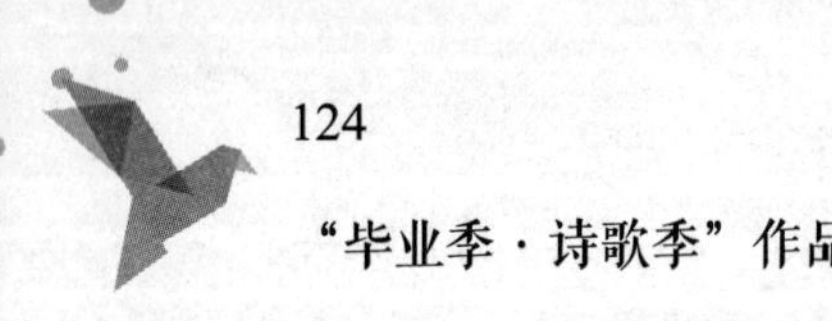

宝剑砺磨锋锐利，梅花寒苦气香幽。
当年别去曾言誓，今日相逢志可酬？

毕业四十年同窗聚

——于沈阳

弹指四十转瞬间，鬓边华发已悄然。
何当共忆同窗事，把酒吟风意更酣。

忆同窗

崔迪

春秋几度共时光，独木桥别日久长。
跑道犹留双印苦，学堂宛散百书香。
当初少壮多云志，此际中年已栋梁。
咫尺天涯难聚首，但凭微信叙家常。

感于同学聚会

鸿鹄

春去流云何处收，酒来醉月意难求。
昔年悔隐真情吐，今日空将语不休。

尘封的记忆（三首）

黎明

毕业感怀

一路随师修古韵，酸甜百味满心池。
屏前执教耕耘苦，月下聆听为学痴。
昨日铺笺空对墨，今朝落笔即成诗。
词园丽景足方半，致谢师恩欲别时。

如梦令·91届学生聚会天龙洞山庄

廿载重逢情动，阔侃笑声潮涌。霜发忘何年？尽道心长语重。如梦，如梦，情满山庄龙洞。

青玉案·同窗回乡小聚有感

同为廿载园丁路，共济渡，真情固。锦瑟年华朝与暮。书山学，引航驱雾，霜发花知故。

夕阳碧水晴川树，羡我童真手足聚。试问来人情几许？一壶今愿，满桌昔绪，重现当年旅。

荷叶杯·毕业感言

清荷

曾记同窗映雪，磐涅。跃龙门。话别离互道珍重，圆梦。建功勋。

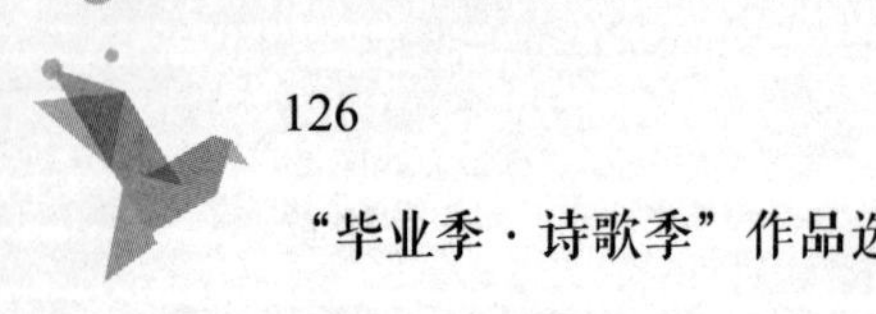

校园诗（三首）

王琴荣

写给苗可秀学校

书香聊慰远凡尘，盈耳声声聚雅音。

常念英雄今又在，汗青正浸少年心。

注：苗可秀，抗日爱国将领。1906年出生于辽宁省本溪县，东北民众自卫军中第一个大学生，在抗日实践中逐渐成长为一名令日军闻风丧胆的辽南义勇军杰出领导人。1935年6月12日深夜，苗可秀在战斗中负伤，6月21日不幸落入日军魔掌。7月25日，苗可秀被押往凤城南山刑场。在刑场上，苗可秀毫无畏惧，昂首而立，怒视敌寇，为国捐躯，年仅29岁。

弟子规诵读

弟子规中吟古训，课堂互动气氛浓。

育人惟盼德才好，且将童言仔细听。

古诗词积累

书声朗朗漫芳林，经典香熏稚子心。

音韵铿锵成一脉，几多儒雅秀南芬。

注：南芬，地名，为本溪市的一个市辖区。

毕业诗（二首）

杨晓奇

数学人生

百转人生加复减，迂回萦绕几何颠。
成功概率知多少，凝聚同心方可圆。

不老书香

寂寞枝头诗点翠，悠闲岁月有书呷。
至今仍有学生味，水袖飞扬带墨花。

同窗偶遇

卢秉清

也曾少小两无猜，相遇长吁鬓角白。
最是同窗情义在，香茶两盏胜茅台。

踏莎行·毕业季感怀

孙建国

昊宇分飞，鲲鹏劲舞，挟山超海青霄步。校园离别泪盈盈，年年桃李培成去。

一世甘甜，多年辛苦，兼程行走沧桑路。精英拔萃占群芳，才华渐进为梁柱。

相思引·苦读

冯树和

清晨低头满地霜，回顾脚印只一行，欲奔何处？学子上课堂。
日落西山天色晚，归来月下影儿长，夜深人静，梦里背文章。

校园诗（四首）

黄山云烟

同窗聚

云透秋阳今又是，青丝别后见霜翁。
何须镜框千言语，尽在杯倾月瘦空。

黑板释怀

书香园地任君栽，化雨春风蕾朵开。
天下求知多路径，独尊惟我是平台。

教学板吟

寸方黑白度分明，抹地涂天曲直声。
雨露李桃知事理，秋云春水尽深情。

咏粉笔

一身清白写春秋，两袖霜尘黑板游。
古典文言寻血脉，今书科技育心头。
流连岁月随风去，奉献精神与日留。
桃李满园金榜上，天生傲骨世无求。

师生情（五首）

刘永昌

教师节抒怀

放眼寒窗曲径幽，杏坛习步荟层楼。
躬耕三尺烛光熠，果挂琼枝频点头。

应邀参加 67 届二班学生聚会

一

煦暖春园桃李菲，夏秋更见果蔬肥。
花明柳暗光阴老，枫叶霜天映日辉。

二

热泪神交难尽言，分别五秩藕丝连。
结情少小灵犀在，皓首回眸恋杏坛。

与83届高中毕业学生重逢

身处桃园久润芳，茅棚避雨半遮阳。
平生酷爱尺方地，秋晚风飘万里香。

与86届高中毕业学生重聚

邂逅诸君萍水逢，同舟共济探人生。
鸿鹄展翅三十载，情系杏坛酌野翁。

写给苗可秀学校

赵娟

满腔心血铸春秋，致力家乡报九州。
代有才苗承可秀，普开桃李竞风流。

毕业季（三首）

张秉秀

毕业感怀

碧荫梧桐鸣彩凤，好歌丽鸟聚岐山。
吟经习典临唐韵，弛绪纵情忘发斑。
嫩叶盈盈携梦语，小花烨烨著痴颜。
成蹊桃李含香馈，新燕离巢恋树环。

桓仁铅矿老教师聚会

夜雨敲窗催梦醒，八方归客喜还家。
呢喃堂燕倾相识，摇叶杨林挽紫霞。
月照松栏分校壁，楼藏历届烛芯花。
重回故地青丝少，共醉千杯赏梓麻。

水调歌头·重聚桓仁铅矿学校

离别各多久，世上几春秋。不知飞雁何去，游子泛征舟。梦里常怀东路，报效云边深处，曾为拓荒牛。聚散不由己，欣做故乡游。

山峻，崎路险，泪盈眸。重回故里，寻遍陈迹话难收。烟巷松岚寥寂，热血风华难觅，遍地矗新楼。合分如流水，天地淡相酬。

新诗

最美的歌

林玉库

又是硕果飘香的季节
一只鸿雁衔着相聚的喜讯
携着热切的期盼
饱含关心倍至的嘱托
通过微信在大江南北传播
这是我们老师的亲笔书信
这是师生近肆拾年的情感浓缩

这是召唤我们回港避风的航标灯火
在山城中闪烁
老师您好!
我们来了
带着问候祝福收获
岁月如歌
眨眼间
中学的记忆已流经了岁月长河
当初的纯情少年如今已近六旬老者
曾经的花季美女现在也霜染秀发纹绘颊额
近半个世纪的随浪逐波
带走我们多少悲欢离合
演绎出多少不凡的故事和传说
无论沧桑如何变换
不管各自的轨迹如何
都有一段共同的美好记忆萦绕心窝
那就是我们中学时代的快乐生活

青春的脚步总是急冲而过
面对太多的记忆
审视曾经的经过
留恋和珍惜的
还是中学的那个美好段落

感恩老师
感恩同学

感恩一次次聚会的发起组织者
祝老师
祝愿同学
祝愿我们永远健康幸福快乐
友谊万岁
万岁同学
让我们共同唱起《再过二十年我们来相会》这首最美的歌

师恩无言

杨建平

没有一种爱抵得上它的深邃，
那是如火的青春浇灌的花蕊。
没有一种情抵得上它的沉静，
那是经霜的岁月染成的玫瑰。

师恩无言，
却成为记忆深处的永恒。
师恩如涓，
却激起汹涌澎湃的波澜。

三十多年前，
您牵着我们，
跌跌撞撞走出那座大山，
却一直没有走出您的视线。

您浓重的乡音，
似春雨呢喃。
您冬日里点燃的第一炉火，
是我们青春的起跑线。

炉火要空心，人要实心。
这不经意的流露，
成为我们一生的财富，
和终身实践的诺言。

您的舞台只有三尺，
您的世界却浩瀚无边。
三角形与弧线是您的台词，
您的奖牌是桃李满园。

一日为师终身为父，
您用坚实的臂膀。
托起我们灿烂的明天，
铸就我们人的浩然。

时光在指间悄然滑落，
稚嫩的花已结出成熟的果。
风起云涌、花开花落，
不变的是那首流在心底的情愫。

毕业离歌，响彻青春的号角

李锦恒

早就盼望着这一天的到来
一幅幅凌乱的画面在盛夏的太阳下结着果实
四年了，我们开辟着新的天地
逐渐适应了把异乡当故乡的节奏
吸收整座城市的优雅和闲适。

此刻，离别的钟声还未敲响
我们已经像一群乱了巢的马蜂
无声的泪水蛰着我们的青春
不忍离别是大家渴望友谊永存
珍惜这般的青春年华

不愿内心蕴含一丁的委屈
梧桐树繁密的叶片为我们撑起一片晴空
操场上我们奔跑的身影，
阳光下熠熠闪亮的汗珠
讲述着我们成长的故事

弹起心爱的琵琶唱着青春不年少
唱着黄河东流去
唱着我们青春小鸟一去不回来
还有多少梦想未曾实现
还有多少话语没有讲

纸飞机写满了美丽的情话，如云朵
黑板上雕刻着爱情的誓言
满是情感发芽的种子
我们总是觉得还很年轻
离别的眼泪，滴落在没有涟漪的心湖。

当苦笑与记忆，坠落成无尽的思念，
心情是透明的，泪水是肆虐的
手指轻轻打转间，青春被隐匿
离别和留恋，瓜分我们毕业季的故事
妖艳而多情！

新疆石河子大学胡杨诗社
“毕业季·诗歌季”2017作品选

答友书我为什么来新疆上大学（外一首）

朱文成

当数江南风物好，但闻塞北有佳人。
千金难换佳人笑，哪管繁花半入尘。

行香子

新叶田田，旧梦年年。不知是天上人间。小楼栏外，垂柳枝前。念往生苦、今生淡、来生闲。

画屏青山，镜里朱颜。还不如草树浮烟。光阴数笔，伤己无言。怕繁花尽，年华老，不成眠。

暑假实习遇挫

谢聪慧

一望前程万里艰，山高路杳曲弯弯。
少年心性实难改，怎忍卒读莫等闲。

与师品茗

吴小燕

恩师谙数沧桑事，抛却功名逸隐庐。
客地重逢心岂叹，煎尘洗苦意何如？
但凭香盏浇荣辱，一任清烟自卷舒。
半枕窗阑端细呷，漫看碧落晚风徐。

毕业赠下铺舍友（外一首）

唐云龙

一别东西劳碌身，相逢各历几风尘？
蒙君四载秉高义，我亦曾当人上人。

临江仙 · 临别赠友

莫道朝云易散，偶然最是相逢。人如烟絮漫横空，飘摇轻见了，倏忽又无踪。
只合苍天不老，红尘换尽春风。山花还似去年红，思君唯有梦，梦也恨难同。

赠正言观蛰鸣杯辩论赛有感（外一首）

董秀慧

壮马嘶鸣入远山，任君挥剑斩凶蛮。
黄沙漫卷成金甲，蓄势重来破陇关。

送别观大四毕业生离校有感

夜半解衣才入睡，忽闻厅宇有人声。
俯身低语终难舍，窗外鸣禽邀启程。

遥寄学友

袁海倩

千里音书寄将去，山长路远恐行迟。
石城四月犹萧索，湘楚三春绿压枝。
遥想暑期欢乐日，尚思腊月共游时。
相知相念不相见，唯有东风寄相思。

堂下歌

敖非敏

千头万绪问纷纷，恍许青云付散尘。
桐影枝荫啼蔽日，叶边眉目眇行人。
曾依窗少十年志，花鼓道吟承古椿。
如是虚怀俯仰趣，忆叹悠夏挽情真。

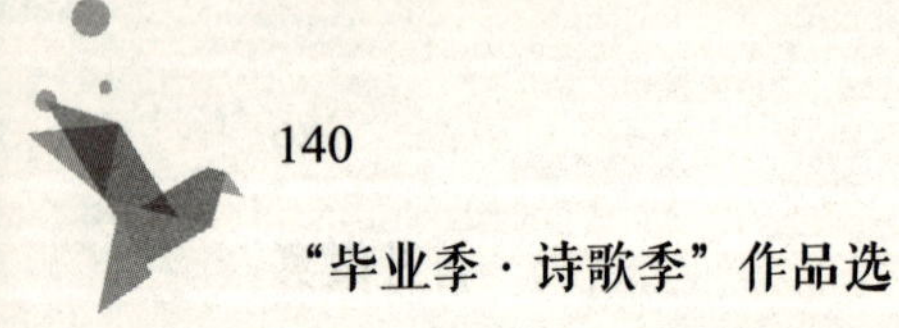

重逢如故

马栋彬

亭亭如玉少年郎，四载光阴恋异乡。
地北天南若相遇，无须刻意掩轻狂。

会友

邓国飞

一去三千里，天涯识此邻。
同庚谈志气，异域有奇人。
秉烛通南北，连舆道义仁。
真当待他日，相会要途津。

新诗

致即将逝去的青春

王永平

六月
琉璃似火的骄阳，
从梦的方向升起。
正如我们对生活的激情，

对未来的憧憬。

六月
一间教室，一张课桌，一张照片
记录着
我们最无悔的青春，
有你们，真好。

六月
我们褪下青涩的外衣，
朝着梦想奔跑，
也许我们还涉世未深
也许我们缺乏历练
但，我们有信心与勇气，
青春无畏，年少无畏。

六月，
夏花含放，蛙蝉清鸣，
也许我们即将分离，
也许我们会各奔东西，
但，我们心连心，梦连梦，
这里，我们的校园，
还是我们最想念的家。

六月
静忆往昔，

在图书馆奋斗的你，
在夕阳下奔跑的你……
现在的你，
都是以往努力拼搏的结果。
相信未来的你，
还会以梦为马，不负韶华。

六月
提笔写一首情诗，
为友情，亦为爱情。
歌颂未来奔波的你，
歌颂你们成长的时光，
亦歌颂这世界，
有你，有我，有他。

六月
我们即将逝去的青春，
谢谢你，
我们成长了，成为最想要的模样。

组诗萃华

“胜日崇光桃李艳”——赵安民诗词

临江仙 · 恭王府出席中华诗词研究院主办“毕业季 · 诗歌季”颁奖典礼暨诗词雅集

2016 年 11 月 11 日

故邸琼楼流雅韵，古琴京剧重逢。骊歌摇曳柳梢风。多情西府水，不舍玉泉峰。

胜日崇光桃李艳，翩翩蝶化黉宫。奋飞穿越好时空。润之歌水调，喝彩满江红。

教师节回和西安美术学院周晓陆教授

2007 年 9 月 10 日

硕果秋收成色纯，苍山依旧见精神。
人间重教尊师道，诲汝知之百载恩。

附：周晓陆原诗

未晓人间重晚情，白头依旧愣头青。
不求知遇公卿好，无愧史迁地下迎。

元旦节呈导师钱超尘教授

2010 年 1 月 1 日

每逢节日愧趋迟，又是一年元旦时。
短信深情虔拜贺，惭无佳绩报恩师。

水龙吟·贺晓川恩师八十寿

2014 年 9 月

有缘亲炙诗词，传经解惑情何厚。羊坊府邸，开坛听讲，湘音亲旧。格律从严，内容时变，旧瓶新酒。佩文宜韵府，原诗睟语，诸典籍，循循诱。

屈杜汨罗神授，赋诗文字珠玑秀。影珠吟稿，诗文考据，宋词研究。华夏诗魂，存亡继绝，率先奔走。喜群贤景仰，故都雅集，为先生寿。

沁园春·寿恩师钱超尘教授八十初度

2014 年 10 月

负笈京华，拜谒恩师，践履夙缘。忆黉宫数载，谆谆教导：说文解字，点读穷原；朴学乾嘉，章黄国故，求是精神后继前；儒医论，治国医经典，考据优先。

先生学术谨严。首义训，语音文字兼。肇中医训诂，内经研究，伤寒考证，本草经诠。国学国医，潜心著述，风雨兼程奋着鞭。乔松寿，盼期颐再祝，健笔长年。

沁园春 · 毕业三十年同学筹备聚会有感

2017 年 11 月

又是深秋，登上香山，思绪溯流。忆湘江涯涘，麓峰林茂；韶山路畔，学府人稠。雨暮争球，晴晨赛跑，击水中流竞上游。中医学，要众方博采，古训勤求。

忽然三十春秋。众学友欣欣壮志酬。幸手机网络，已通微信；欣闻母校，常拔头筹。民瘼心中，锦囊肘后，启后承前更上楼。看吾辈，铸国医自信，护佑神州。

“双肩道义家国重”——褚宝增诗歌

代中国地质大学（北京）毕业生告别母校赋

2008 年

大雁已在长空一字成行
我们将第一次飞翔
怀揣几分欣喜
暗藏几分恐慌

四年前的行李虽重
然而感觉很轻
四年后的行囊虽轻
然而感觉好重

责任将落在双肩
账单要自己偿还
家庭与母校的温暖
全部典藏留做纪念

忘不了
第一次见到教授的惊喜
第一次参加社团的好奇
第一次大学考试的紧张

第一次无端逃课的恐惧

忘不了
野外实习的乐趣
实验室中的精细
同学们对数据相互核实
老师对报告规范评语

忘不了
球场上的汗水
兄弟的敌对
无论或胜或负或喜或悲
我们都万分沉醉

忘不了
一碗泡面一把钢匙
我们轮着吃
一件新衣一双好鞋
我们谁都试
一张月票一辆破车
我们借着使

忘不了
女生楼里
是男生四年的禁区
可雨季的一顶小伞
让我换来一段甜蜜

忘不了
你抢走了我的女友
我想和你决斗
可我现在的女友说
你们还是朋友

问一问
花园中的长椅
而今谁又常去
长椅上刻满了
爱情的标记

问一问
教室中的课桌
而今谁又占座
课桌里装满了
恩师的学说

整理出
大一时工整的笔记
大二时社团的决议
大三时吃剩的药片
大四时考研的习题
只要给我一瓶啤酒的钱
我全卖给你

我们每一个人都是一个点
而我们能够连成一线
告别母校的平面
去支撑家国的空间

青春散场
青春登场
我们深谢
母校的培养
挂满灿烂的笑容
怀抱勇敢的胆量
向社会
释放我们的能量
让社会
补给我们的能量
中国地质大学的校名
永远刻在
我们挺直的胸膛

我爱我生

2012 年

总在你们中间
我寻找自己
一个又一个青春

拼出我的过去

总在你们眼里
我看到自己
一次又一次对视
修正我的风仪

在你们成功时
我窃取欢乐
在你们离开时
我压缩落寞

你们的成长
将我的精神完善
你们的足迹
将我的空间拓展

听我的号令
释放你们的勇敢
为济沧海
去直挂云帆
为揽明月
去飞翔九天

为中国地质大学（北京）全体毕业学棣壮行

2014 年

相拥歧路亦流连，仰望长空日月悬。
何惧噫吁行蜀道，甘当寂寞赴阳关。
双肩道义家国重，满腹文章庠序传。
皆是神州浑一统，人生无处不非凡。

毕业晚会教师朗诵稿

2015 年

站在起点，四年的时间好慢
站在终点，四年的时间好短
别怪我们的情感，此刻已爆炸成碎片
存储的记忆，随别离的潮湿涌到眼前

是你，在教室，总坐在第一排的正中间
是你，在课间，总帮我擦净写满的黑板
是你，在食堂，见到我，让我插在你的前面买饭
是你，在路边，偶遇我，立即松开了女友的手腕
是你，在作业本里，送过我祝贺教师节的卡片
是你，在考试卷旁，写过求我高抬贵手的留言
是你，在足球场上，对我放过飞铲
是你，在晚自习后，扶过一个醉汉

是你们纯洁的眼神，净化我的灵魂
是你们火热的激情，补充我的青春
是你们求知的欲望，完善我的学问
是你们奇特的思维，协助我的创新
是你们积极的向上，托举我的下沉
是你们出色的成绩，推动我的前进
是你们灿烂的笑脸，摧毁我的苦闷
是你们真诚的信赖，浇灌我的自尊
谢谢！谢谢！
我可爱的同学们

青春不会散场
成长需要张扬
用耿耿豪情，充填磊磊心胸
用永不低头，追求一生向往
心是天中，你就是坐标原点
带上罗盘，定不会迷失方向
关注苍生，需要脚踏实地
装载天下，必须敢于担当
靠你们未来的业绩
提升中国地质大学的声望
拜托诸位了！
明天，你们将从这里，一跃而翔

挥手，我们问候过去
离别，也是一种继续

记住，按时吃饭
记住，天凉加衣
有不解的问题，随时发来个邮件
有出差的机会，咱们到四层小聚
早一点适应，新的同事领导
早一点成家，别让父母着急
愿快乐与健康，支撑你们的幸福
让时光与江山，证明彼此的记忆
飞吧，不论高低远近
飞吧，不论成败顺逆
在同一个太阳下，我们
编织梦想，后会有期!

“栀子花开六月薰”——陶建锋诗词

栀子花开

其一

栀子幽幽六月开，万千瑞雪带香来。
同窗数载今将别，藏朵花儿到月台。

其二

纷扬瑞雪乱飘云，栀子花开六月薰。
轻折一枝藏在手，不知怎样巧贻君。

其三

飞雪流云栀子花，清香缕缕向天涯。
年年六月分离季，含泪随人上火车。

毕业季有感

其一

宿舍操场教学楼，读书闲话打篮球。
今朝此地分离后，何日才能再共游？

其二

数载青春母校游，勾连多少喜和愁。
轻轻挥手从兹去，万草千花梦里留。

其三

恩师似母蕴宽柔，好友如兄情意稠。
在此行将离别夜，万千不舍上心头。

高考有感

其一

十年辛苦向寒窗，卷岭题山一臂扛。
今日轻装科考去，横倾陆海竖潘江。

其二

曾经学海久徘徊，今日春闱一试才。
待到文题经眼后，长江滚滚笔尖来。

其三

十载辛勤功课温，今朝抖擞赴金门。
纵身一跃通过后，化作神龙万里奔。

回母校有感

其一

西亭古老藏回忆，东阁光鲜展未来。
我愿将身还梦土，化为前苑一枝梅。

其二

同窗梦里音容在，故室眸中色影空。
欲把新诗题旧壁，真真愁煞白头翁。

其三

故园春暮久徘徊，已有多年未到来。
碧草朝天心里长，红花向我梦中开。

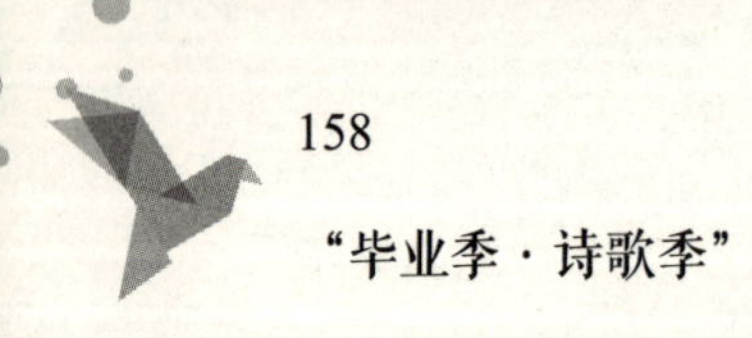

"引领丰华真吾事"——郑虹霓诗词

满江红 · 赋别金陵师友适逢南京大学百年校庆

2002 年 6 月

速也舟航，南北走，只争朝夕。逢庆典，笙歌闹热，翩飞旗赤。回首百年谁是主，匆匆都是光阴客。顾南园，日色冷青松，情难释。

春花谢，秋月缺，砚冰开，文章阅。向赏心亭侧，联吟离别。落日楼头寻旧句，江山留与归鸿瞥。看金陵，潮去又潮来，涛如雪。

过龙门 · 喜迎梁东老来我校讲学

2012 年 8 月

白发少年翁，诗教情钟。京城振铎八方从。紫气东来成化雨，树木葱茏。

谈笑漾春风，笔走游龙。殷殷寄语惠庠雍："引领风华"真吾事，快上骄骢!

采桑子 · 《采桑子》创刊赋

2012 年 12 月 30 日

方塘半亩开新境，波写龙文，花漾清芬，万紫千红岁岁春。

曲传千载《采桑子》，翰墨余温，盛世留痕。孺子文章若积薪。

注：《采桑子》系阜阳师范学院学生诗词社团“采桑子”创办的刊物，社团名取自因欧阳修一组吟咏颍州西湖的《采桑子》。

浣溪沙

2014 年 10 月

去岁所植红菊今日绽放，适逢南京大学文学院百岁华诞。遥望金陵，百感交集，因赋一词，步杜牧《九日齐山登高》韵。

红菊重开心绪飞，人生得失在几微。当年只道片时归。

万里风烟增寥廓，两行雁字映斜晖。尊前回首一沾衣。

采桑子

午后经西清河畔，远观一地红英，如方燃过爆竹，走近方知昨日风雨，榴花顿谢。伏念毕业生陆续离校，莫非花亦为别离而落泪？遂得句“匝地红英，午后风轻，不独杨枝解送迎”。朋友圈发过，在江南大学读研的学生何扬为足成一阕词。

绿深五月西湖好。匝地红英，午后风轻，不独杨枝解送迎。

繁华我亦尊前客。唤起流莺，好梦方惊。往事悠悠入画屏。

“三盏青醪起旧歌”——康丕耀诗赋

共青中学赋

黄河岸北，古焉有镇，昔曰乱水泉也。其泉也，或长流，或高涌，或广汇，汩汩涓涓，润东南而泽西北。镇因泉多，故后谓万水泉也。水利万物而不争。于斯佳地，而自出嘉校也。

南聆大河之涛远，北瞩阴山之岭深，共青人者，襟抱必殊也。入黉门而心旷，走芳园而神驰。六万平风清而气朗，五十载桃芬而李芳。喜翠柏森森，环花径也；白杨郁郁，绕云楼也。柳风过也，图书馆外张新绿；松日来也，体育场前挂浅金。仰圣贤，杏坛有群雕；播真理，兰台有众师。讲雅言，养虚怀，存厚德，尚义举，故莘莘学子于斯而日久，必秀外而慧中也。

若夫初阳红而书声起，夜月白而书灯亮。格物致知，焚膏而继晷者，师共生也。抚瑶琴以传礼乐，泼丹青而绘仁和。池畔论文，袅袅青丝明水底；林间究理，悠悠朱蕊落衫中。晨而读，午而诵，暮而吟。感其声者，芳晓树而醉晚霞，霁秋云而绽春葩。花落知多少；慈母手中线；天地有正气；千里共婵娟。叹其境也，或清咏，或深慨，或壮歌，或遥祝。其意柔，啾啾也；其爱永，潺潺也；其气烈，铮铮也；其韵长，呦呦也。书香声里，少年情怀已大美也。

至若花前朗诵会，树下修身课，每引白云过林表。师爱生也，花开花落常家访；生敬师也，月阴月晴入周记。团结勤奋，校歌声远；严谨文明，学风韵长。道而弗牵也，喜看清风舒菊蕊；开而弗达也，欣听细雨润松芽。慕舞蹈队也，若云飘水畔，霞涌林间；爱足球队也，犹风啸台前，龙腾场上。感家长开放日，株株银杏，悬金而叠翠，叹专家讲座时，片片丁香，挂紫而垂丹。悦树树桑果，闹红窗外；枝枝榆叶，拥绿亭前。观其景，花园也；感其学，复如乐园也。

嗟嗟乎！望国旗而思远，唱国歌而感多。忆当年，雁南飞日，华校初立。其时也，正高原风冷，大野云寒。然上下聚力，共图破茧。深开井以汲水，勤制坯而建房。厥后经年，冒春雨以植青草，顶秋风而治黄沙。学子虽少，凭潇潇雨来，书声犹朗；陋室固简，任纷纷雪落，弦歌且清。心齐处，风让路；志合时，霞满天。慰此日也，盈园桃李，染香塞外；三尺讲台，融梦国中。抚今追昔，不禁百感浮沉而喜泪纵横也。

夫善国者，莫先育才。化民成俗，其必由学。路漫漫其修远兮，吾将上下而求索。

2016 年 10 月 1 日

感遇六章

恩师邢丽君，出身教育世家。秀外而慧中。前年孟春，闻吾家窘亲探之。同年秋，见吾鞋子将破面现悯色。隔日与其母去京师。返包后，送吾鞋袜各一双，并与家父香茗一包。后知吾笃志写作，尤敬曹公雪芹，复赠《红楼梦》一部。时光荏苒，经年而未见。今春归塞上，深更不寐，感极乃成咏。

其一

师德犹如明月歌，寒来暑往未消磨。
春风知我思无限，一夜吹开花万柯。

其二

芬芳鞋袜偶然穿，唯怕高情磨不全。
去岁阴山登绝顶，一层跋涉一重天。

其三

茶香不减似情深，尘海犹存菡萏心。
我欲程门常立雪，经年热泪到于今。

其四

应时甘雨到春庭，好趁东风展大翎。
旧日叮咛犹在耳，年年桂魄染书馨。

其五

从来偏见贬娥眉，我却因之路不迷。
一部红楼常励我，高风自与九天齐。

其六

崎岖路上少彷徨，只为恩师教诲长。
红烛悠悠驱冷雾，荒寒岁月见灵光。

同窗雅集得句

桃葩红日喜相逢，毕竟同窗情更同。
昔岁花前呼皓月，今朝岭下慕青松。

朱颜从未惊狂雨，白首还须唱大风。
四十年来欣与痛，迷茫历过始从容。

同窗再度雅集感赋

子夜依然笑语多，寒星何为过西河？
一盘红豆凝新韵，三盏青醪起旧歌。
历世风吹情潋滟，经年雨打志嵯峨。
人生最慰逢知己，欲写黄庭换白鹅。

“有我童声稚如许”——曾峥诗词

烛影摇红 · 我的大学

香径朦胧，向桂园，看碧窗，风铃挂。接头暗号没人知，轻扯葡萄架。

电影操场演罢。知何处、情人夜话。绿杨津口，萤滄于空，月黄如画。

齐天乐 · 毕业日

晕交灯寓湖山暝，依然桂园风景。楼下持花，窗前挥手，换尽十年名姓。行人莫问：旧吉它谁弹，破车谁领。甲骨文章，涂鸦满壁更谁认。

少年怀旧是病。忆临分笑语，暗泪盈枕。怪梦无凭，万千因子，一夜风铃轻碰。行囊待整，正檐角星稀，球场人静。残月牌楼，道旁留淡影。

鹧鸪天 · 5 月 4 日的 W 大学图书馆

尝记樱花树底逢，雨苔秘录旧游踪。欲知蝴蝶双栖处，须到蜻蜓复眼中。

人寂寞，鸟朦胧，石楼深曲偶鸣钟。百年时尚浑如在，门掩裙纱一角红。

玉楼春·大堤口小学

我家初在横堤住，每夜江星流北户。诸邻窸窣共蜂窠，罨画各隅纷偃伛。
江灯隔岸贻谁数，有我童声稚如许。旋梯延梦上层栏，行尽月廊无觅处。

南乡子·校广播台里的女生

雨脚跃层阶，无数红唇插翅来。预报一年春好处，花开，人在樱园广播台。
自习若曾偕，校剧应曾共彩排。收取东风千万景，曾猜，都付穿帘翠尾裁。

重回大堤口小学默寄幼稚园、小学同学并童年诸邻曲

萧索旧城天主庠，交疏轩格静流光。
自君之出花如雪，今我来思鬓欲霜。
摩壁回声旋深藓，浮廊背影散初阳。
百年物化人谁是，故国漂零似异乡。

注：天主庠，大堤口小学，大堤口天主堂（美国天主教武昌堂驻地）创办。设幼儿园、小学部、初中部。

念奴娇·一个武汉人的城市记忆：忆大堤口小学同桌黄芳

诸湖蓝水，在星光、萤火之间跳跃。清夏校垣皮影戏，恬梦东城西郭。炉口嘶风，缸心兑月，小小人如削。荡开双桨，拉钩临别曾约。

若是为母为妻，年华静好，相册扬千鹤。遥夜一灯恒为祷，维我旧窗高凿。雪麓昙林，雨衢樱伞，孤印人间烙。梨涡飘绽，蒲英旋熠天角。

注：黄芳，大堤口小学一年级1班同桌，幼丧母，随父携弟居胭脂路。予二年级转学后睽隔至今。“昙林”、“雨衢”、“孤印”，黄芳家距校最远，“昙林”可实指花园山麓昙华林，黄芳每天风雨无阻孤身前往大堤口所必经。

庚寅除夕有梦

——忆大堤口小学作

江楼灯暗出旋阶，归梦或镌阶上苔。
子夜何人窗外过，童年有境雨中来。
启门钟鸟泠泠啭，抹岸烟花缓缓开。
向者所欣皆秘史，若为园蚁录枯槐。

唐多令 · 樱花树下

——隐括武汉大学校歌《合照》词意致3月21日在樱园弹唱樱花的女生

新蕊绽依楼，前花拂满头。共白衣、长发才游。老式相机犹在手，都不是，旧回眸。

合照十年留，骊歌还唱不？抱吉它、谁试莺喉。同寓绯红云一片，盛开后，落无忧。

木兰花慢·蝴蝶梦
——丁丑秋日梦回大堤口小学有作

石楼归旧梦，玉蝴蝶，熠阶除。瞰桃李芳园，领巾红飐，紫姹青初。回盱，拱弧叠嵌，割斜晖、相对稚龄予。多少幽廊过客，光阴异代同疏。

窗隅，秉烛曳凉裾，修女又宵徂。正月苑萤流，儿时听此，门叟苍癯。荣枯，岂唯示我，觑遥灯、秋老汉阳鱼。一例华胥寓梦，觉来槐梦谁舒？

注：1949年前，大堤口小学教师皆美籍修女。“儿时听此”，遥忆儿时老门卫夜话前朝修女故事，续过片“窗隅，秉烛曳凉裾，修女又宵徂”。

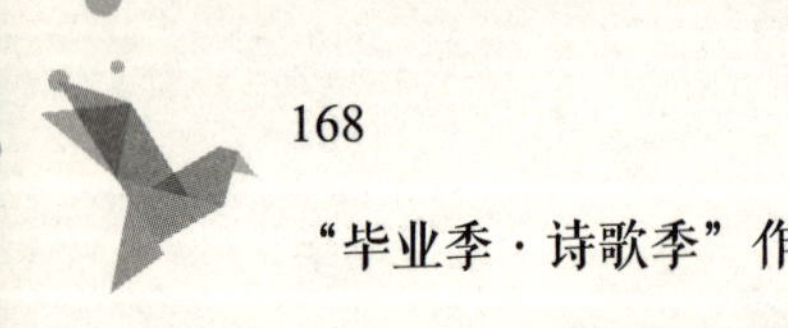

"歌歇如何是别时"——赵维江诗词

更漏子·送曙光

曙光李君，古相州人，十载前赴东莞就教职，后入暨南攻读博士学位。李君为人朴厚，言呐思敏，余授题治清人粤词，孜孜矻矻，苦作三载，得近卅万字，历述源流，擘析根脉，获专家佳评，令老夫心喜。李君毕业或归安阳师范学院就职。

暨南园，黄埔道，又唱离歌催晓。中州客，岭南行，词吟三载情。

屈子泪，梁公喟，谁解粤人风味。书写罢，意彷徨，故园豆沫香。

注：粤人屈大君、梁启超亦词坛大家，屈子、梁公谓其人也。豆沫，豫北冀南一带小吃，以小米面加入花生仁、黄豆瓣、海带丝、粉条、豆腐丝、胡萝卜丝、波菜、炒芝麻等熬制成粥，其色乳黄，其味绝美。

附：李曙光词

水调歌头

余入岭南，已历十载，初任教于莞邑松山湖畔，后入暨南，随赵维江师研习词学，治粤词，今将别师而去，百感交集，赋词以志。

岭表孤云影，万里隔乡关。松湖眠共鸥鹭，细雨湿云烟。桃李春风几度，倏尔翩飞广郡，寻梦暨南园。词苑仰星斗，明湖醉花间。

谱新曲，浮大白，论金元。侠儒南粤谁似，松劲入青天。老圃呕心亲灌，蓓蕾粤词初发，潮动水云闲。此去家何在？所止在心安。

送泽森

泽森陈郎，潮阳人。本科毕业就余攻硕士学位。陈郎人帅性真，热诚好学，天赋诗质，兼善彩绘。论文治潮汕乡贤饶公宗颐词，细笺其作，覆考其人，诠评其义，归纳其法，为“潮学”再添新论矣。又喜者，陈郎已录为武汉大学博士生，其后学殖可待也，然心却难免不舍意。

潮海韩公曾种诗，潮儿从此盛吟痴，
陈郎来慰老夫耳，歌歇如何是别时。

附：陈泽森诗

毕业感怀兼呈赵门诸君

唱遍阳关兴未休，樽前轻易莫言愁。
他年荆楚归来日，共泛清江一叶舟。

“记取那青葱”——寇燕诗词

滴滴金·毕业感怀

青葱岁月常相伴。一朝别，寸肠断。旧时点滴映眼帘，泪珠满愁盏。

天涯海角心牵绊。西窗剪，共同勉。且将离恨付诗笺，笑把金樽唤。

黉门吟

风弄筝弦意不休，一弯新月柳梢头。与君把盏天涯去，醉眼惺忪逛九州。

袅袅笺香黉宇远，悠悠墨韵香溪流。通宵达旦曦光露，耳畔啾啾鸟语稠。

毕业二十载，高中同学再聚会，说不完的话，喝不完的酒，草成一首以抒怀。

江城梅花引·师恩难忘

芬芳桃李盛开时，赋诗词，念恩师。数易暑寒，矢志未曾移。忆昔点滴絮语，欷歔处，难忘诲言慈。天地君你尊子，是殊荣，著青史。红尘绮丽。丹心碧、德赛兰芝。倜傥儒雅，七尺讲台羁。泪眼朦胧情切切，莘野地，同窗共聚齐。

霓裳中序第一·廿年同学会

残阳曳影叠。二十年来音讯绝，遥忆青葱岁月。正靓丽青春，简单纯洁。时光渐没。你我她、均染尘屑。经寒暑，栉风沐雨，毁誉未曾歇。心悦，同窗契阔。煮酒酿清词半阕，瑶觞陈字旧页。笛怅离歌，泪洒如雪。怕今宵一别，再聚首、知非耄耋。黉门远，噎声轻叹，烙印那眉睫。

［双调·驻马听］同窗情

泪浸衣襟，数载同窗今别也。岩岫凝黛，紫阡离恨玉蝴蝶。
引为知己意无邪，高山流水奇文写。书雁帖、旧时情谊终难借。

［仙吕·太常引］记取青葱

长亭古道腮红，执手奏焦桐。离恨拽东风，憔悴了黉门霁容。
今宵一别，何时重聚，恐再杳无踪。记取那青葱，囫囵入丹青画中。

千杯酒

又是一年毕业时，多年未见的同窗好友相约聚会，谈及求学时光，皆叹惋唏嘘不已，遂成此篇以遣怀！

一杯酒，邀君乘月游，疏影淡淡香满楼。清风浮云共执手，万语千言君知否？一樽牵挂托箜篌，为卿饮尽一杯酒。

二杯酒，今夕何夕有，一笺纨素总相守。月移花影人翘首，紫陌红尘听更漏。无语凝噎泪悄流，百炼钢化绕指柔。

三杯酒，惜别在心头，对酒当歌且击缶。别后容颜渐消瘦，几度梦回黛眉皱。赋词半阕难再有，驿路漫漫何其愁？

四杯酒，蟾宫桂魄就，杯尽酒阑人难留。千山万水天涯走，不为功利不为侯。邀月抚琴舞星斗，一曲吹彻天尽头。

五杯酒，弦断喑歌喉，章台夜思风雨楼。素手抚弦几回首，点点清辉点点愁。归兮归兮泪长流，惊醒残梦尽是忧。

六杯酒，愁绪乱如韭，魂梦悠悠章台柳。夜阑孤影情难收，一捧清泪一觞酒。月下醉卧看牵牛，织女泪瀑化星流。

七杯酒，逍遥少年游，阳关古道西风口。衔泥燕子语啾啾，玉廊空寂风拂柳。无边心事逐水流，梦里忽闻凯歌奏。

八杯酒，怅坐韵难就，金篆素笺梦魂纠。晓风冷月落红骤，素弦声断年华旧。一缕相思经年叩，伫立黯然白复昼。

九杯酒，重阳登高楼，宝筝弦乱风嘶吼。韶华落尽独醉复，沉月银汉拥星斗。沧浪泛舟情深厚，劝卿满盏饮此酒。

十杯酒，风吟云出岫，须眉肝胆仗剑走。小径独步拾红豆，黔山云低将心揉。岁月共尽思如酎，狂墨笔潮文锦绣。

百杯酒，相约凯旋后，赠君一枝灞桥柳。几多深情琵琶奏，曲短意长梦难留。无眠灯烬解句读，书卷溢酌觞侑。

千杯酒，霞消云散透，起坐离席歌一首。西陆风雨今晨又，东流潇湘巧邂逅。为君赋尽千杯酒，天涯海角任遨游。

“迢遥往事未如烟”——吴成岱诗词

我的一九七九和一九八三

七月，又是一个毕业季。抚今追昔，感慨万千，赋诗六首，以纪念一九七九那个特殊的日子和一九八三那个永远难忘的毕业季。

其一

三十几年弹指间，迢遥往事未如烟。
栖居陋室寻诗意，坐拥良畴弄圃田。
逆旅顺流心不改，耕云播雨笔难闲。
幼时喜做阳春梦，志在鲲鹏飞九天。

其二

独木桥横摆阵开，吴郎卷土又重来。
人言命定无人变，我信天生有我才。
笔走龙蛇拼智慧，心驰寰宇写襟怀。
青春有梦真豪爽，一纸飞扬何快哉！

其三

珠水之滨康乐园，春风化雨艳阳天。
莘莘学子勤求教，漫漫征程勇克艰。
唯有险途通绝顶，并无捷径到终南。

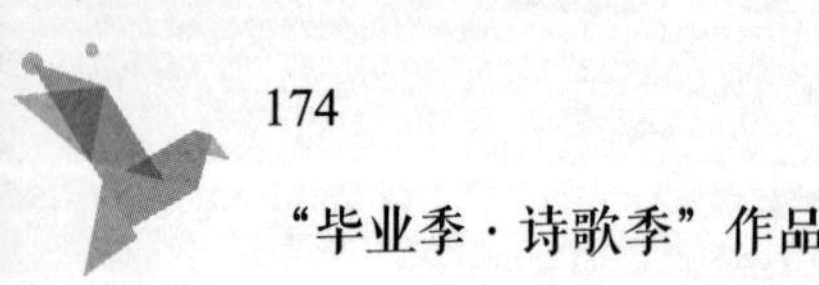

今生早立凌云志，万仞书山只等闲。

其四

岁月青葱血气刚，求知正是好时光。
心中仰慕陈寅恪，梦里钟情许国璋。
每读润之农讲所，常怀屈子汨罗江。
草根有种成梁栋，天降男儿当自强。

其五

恰逢改革未穷期，经世济民吾欲之。
硬啃艰深《资本论》，深研正统凯恩斯[①]。
书山辟出阳关道，春雨浇开桃李枝。
最忆当年青草地，花开次第顺天时。

其六

寒窗数载好年华，一粒春心发了芽。
悦耳同歌《橄榄树》，惬怀共赏凤凰花。
风中凌乱痴情我，心底波澜矜气她。
南校门前挥手去，坦然直面浪淘沙。

2017 年 7 月上旬

注：①约翰·梅纳德·凯恩斯（1883~1946）生于英国剑桥。他对1929—1933 年的资本主义经济危机进行深的思考，于 1936 年发表《就业、利息和货币通论》一书，创立了现代宏观经济学的理论体系，形成凯恩斯经济学派，成为 20 世纪中期西方经济学界的“新正统”。

赠陈乃明同学

乃明君是我中学同窗好友，知名剧作家，现为国家二级编剧、湛江市实验雷剧团团长。昨日率团来穗参加省第十一届艺术节，赋诗一首以赠。

卅年从艺守清贫，自学成才人所钦。
不信王侯皆有种，深知天道必酬勤。
掌团无缺旦生丑，编戏难谋元角分。
且看世间悲喜剧，总随幕落化烟云。

2011年11月22日

为恢复高考而歌

记得当年高考忙，匆匆上阵再磨枪。
城中奔出良骐骥，乡下飞来金凤凰。
大学时光流异彩，人生轨迹写华章。
而今唯此阳关道，喜看草根成栋梁。

2012年7月高考前夕

联欢晚会拾趣

今天大学同窗齐聚阳朔纪念毕业三十周年，联欢晚会上气氛热烈，人人尽兴。赋诗一首，以为纪念。

一阵管弦后，不时扬笑声。
诙谐脱口秀，清脆曼陀铃。
高唱心中曲，轻抒梦里情。

南婵飞孔雀，北露赛名伶。
京剧三人斗，民歌四座听。
今宵欢乐夜，男女尽明星。
2013 年 10 月 18 日

又见李克勤

李克勤同学回国探亲，返美前于昨天专程拐道广州探望各位大学同窗。席间大家抚今追昔，斗酒言情，场景感人。今晨醒来赋诗一首，记之存念。

去国之前探故人，同窗斗酒感情深。
当年才子变华裔，今日土豪成远亲。
学妹矜持心有意，师兄懵懂梦无痕。
一生最美能相遇，永世丹忱久愈新。
2014 年 7 月 19 日

赠王方宪学兄

读汝诗文有所思，学兄睿智乃吾师。
挥毫化雨谋粱稻，点墨成金作嫁衣。
呵护才情尊作者，探求真理悟禅机。
庙堂远去江湖在，如梦人生且惜时。
2014 年 7 月 26 日

康乐园漫记

其一

九十年前怀士堂，伟人演讲话铿锵。
谆谆教诲心中记，沧海横流当自强。

其二

蓬勃生机染绿坪，草根代代出菁英。
四时不改青葱色，一片莘莘学子情。

其三

寒柳堂前秋已深，大师寂寞少知音。
自由思想此间有，独立精神何处寻？

其四

惺亭挺拔立中天，烈士英魂聚此间。
今日已成英语角，当年往事渺如烟。

其五

绿叶红花映马岗，名师荟萃著华章。
和风细雨育桃李，云树之思忆海棠。

其六

图书馆内静悄悄，学子攻关兴正高。
借我青春三十载，书山再上九重霄。

其七

广寒宫外树婆娑，风起东湖漾清。
物是人非空对影，不知何处觅嫦娥。

其八

乙丑牌坊吸眼球，纷纭众议几时休。
高人心血来潮后，此地空馀风马牛。

2014 年 11 月 5 日

“再奏前声清朗朗”——王悦笛诗词

毕业湖滨租房退宿

知交凭赁约，侣伴岂终身。
门客一时替，窗涛万古邻。
留囊只微禄，转手定何人。
不老须重到，樱风及好春。

又

室陋君诚尔，德馨吾未能。
将萦世如网，不住日难绳。
苦读考前有，狂歌醉后曾。
流连三宿泪，临案一飘灯。

又

迹岂吾心定，金常汝主催。
野云不带走，家电肯追陪。
铜钥退三把，穷生仍一枚。
能忘岁时乐，永忆浅深杯。

江滨送友人赴职

霜灯小馆饯清尘，酒薄风寒不可人。

投刺已劳千里足，剪翎更屈数年身。
侏儒饱后嗤方朔，愚妇贫时轻买臣。
坎壈由来例如此，那须狂醉在江滨。

武君金龙卒业因赠

指游列窍，气控三渊，黄竹九节吹云烟。
烟云不动山川静，离鸾飞堕吾兄前。
吾兄奇骨郁磊落，更资妙道形如鹤。
一朝骞翮唳江皋，幽步仙翎渺难捉。
缑岭君今成独往，笙箫长作梦中想。
何时宝驾复归来，再奏前声清朗朗。

燕京与李四别兼忆前醉百场

解携城南隅，默看天尺五。
头悬宿酲重，渴咽犹焦釜。
恻恻别长途，后会知何所。
四载交兰臭，自足慰征旅。
青眼忆论交，素心同把臂。
优游江汉湄，遍饮龟蛇地。
深趣醉能言，谑浪醒不记。
端来圣贤杯，打散萧疏气。
十盏中区窄，半壶牢愁闭。

率尔天真出，及兹神光契。
为醉凡几何，穷筹莫得计。
沽酒樊楼下，开樽洞庭边；
酌羽湘流侧，击觥黉府前。
或饮锦城秋，文君语若弦。
或饮京都暮，雪落何翩翩。
或酹敦煌月，沙白入高天。
进觞胡姬笑，佐味就腥膻。
或祝西湖草，拔岸立芊芊。
玉山酣欲堕，青茵藉地眠。
卒业辞武昌，又作溟渤会。
八月海上凉，先时炎威退。
夜气通岩峤，渔火移明晦。
浮槎压仙波，星河忽破碎。
凌关碣石险，截云燕山横。
风飐岛冈裂，萧萧鸭绿兵。
庖人荐鲜肥，曲车堆长瓶。
邀入旗亭下，虚窗敞蓬瀛。
赵客推恩分，燕人重世情。
然诺慨相许，英怀四座倾。
谁能当此夜，鳏鳏忍独醒。
绿鬓俱未老，岂必泥养生。
得酒逞快意，清浊续勿停。
佳欢贪一晌，作恶数日平。
渐硬肝胆质，居多謦欬声。
谵语庶无忤，静思悔宁馨。

芳醪真谁造，施恩少知己。
纵饮虽折益，强止情无喜。
他日对杯盘，随分论节止。
燮谐营卫具，善保千金体。
生涯期百年，坤舆九万里。
别岁有相逢，丝弦待重理。
重逢访百城，一城一酌醴。
共君机筵上，快饮直如水。

采桑子 · 郑君伊凡之美留学伯克利大学因赠（选四）

知君志在中区外，美习风标。欧侣英髦。良马谁能餍本槽。
东飞万里骑鹏背，上接扶摇。下瞰崧高。赤日蜗行不可敲。

又

神州万古荒荒月，甫出旋低。鸦噪星稀。未放清晖到泰西。
我方欲睡君还起，乌兔分司。昏晓参差。梦也无由接片时。

又

初来二陆俱年少，同第登龙。洙泗春风。小大偕鸣坐扣钟。
梦中师弟飞扬入，于老雍容。范棣淹通。李四郎当与我同。

又

偕游曾到归元寺，叶下苔墙。龟出莲塘。不语沙弥理瓣香。
头陀数到千尊后，君说无量。我更茫茫。满院疏钟报夕阳。

“最多情处我同花”——周爱霞诗词

满庭芳·小渔村诗词班毕业

诗里河山，词中风月，醉看唐宋江湖。三千桃李，欢聚在云庐。且趁良宵盛典，同邀月、举盏倾壶。今朝散，何时又聚，清泪入屠苏。

当初沂水畔，歌吟竹径，曲赋梅图。任南北，川流百汇同途。转眼流光三载，披荆棘、风雨相扶。冰心毅，酬恩趋步，赓续秉畋渔。

浣溪沙·毕业季

六月凤凰胜似霞，青衿树下美如纱。书香灌醉柳风斜。
欲烂漫时花懂我，最多情处我同花。春心暂放在天涯。

应天长·大学初恋

羞勾小指林间走，红杏初开梅尚瘦，紫罗裙，鸳鸯扣。桥上花香春铺就。
暗芳心，双影皱，眉黛朱唇酥手。梁祝西厢左右，羡煞相思豆。

江城子·大学毕业十五年再相聚

十年为梦伴孤灯，眼微红，倦千。地理天文，中外必疏通。磨剑十年底事老，花影下，草丛中。

今朝盛典又相逢，觅师朋，忆芳容。笑语欢声，个个醉颜浓。曲水流觞春永驻，兰亭月，宋唐风。

毕业季·分手季

一

物换星移几变迁，花前怅对旧时天。
桥头离别才三宿，梦里相牵已十年。
枯笔难挨风落寞，旧琴空负月婵娟。
漫漫长夜谁人问，红豆查清便半眠。

二

泪眼相询恨不休，街头伞下话轻柔。
黄昏树下扬花雨，夜半诗中誓白头。
此后镜前空自语，来生山上再同游。
吞声离别谁留影，红豆看吾续雁丘。

临江仙

水月谁裁成风月，清池碎影婆娑。最难销受是霜荷。问秋均不语，唯梦尽销磨。

隐隐箫声来彼岸，如痴如醉如歌。无端瘦柳拂微波。眼前身影，形似梦郎多。

醉春风

岸上红樱润，溪边青草嫩。双双蝴蝶路边飞，顺，顺，顺。深院檐前，秋千影里。诗吟赋论。

屈指春风尽，又捡秋风信。忽闻厅外竹箫奔，近，近，近。数载相思，今朝相会，轻施淡粉。

鹧鸪天·北大未名湖

谁请西风赏晚秋，一朝染就半山羞。柳依古塔添迤逦，枫聘钟亭显古幽。

风落落，水柔柔，轻摇杏叶乐悠悠，行人再对斜阳语，可叹桥头无艋舟。

临江仙·路过小学校园有感

枫叶飘零秋已老，西风催尽千红。明湖桥畔水淙淙。月圆月缺，今古本相同。

红尘路上红尘客，往来多少英雄。是非成败自无踪，陈年往事，恰似梦游中。

原来的苏村小学校是小学初中一体的学校，校长周明星一手创建。他

为人耿直、忠厚，主抓教学质量，设施齐全，师资力量雄厚，教学成绩一流，是县里的重点学校，培养很多人才。20年后，校长去世了，学校也拆迁合并，只剩下三座破窗烂瓦的教室，还有孤独的门楼，见此，不由得心怀感慨，填词一首。

鹧鸪天 · 苏高中南园小镇

清月推窗影自横，池旁衰草缀流萤。呱呱垄上无休止，嘎嘎篱边不断声。

新木屋，古凉亭。青衿三两论鲲鹏。此时若得飚山雨，明日千禾一抹青。

苏州高级中学有千年历史府学，南园小镇是苏州高级中学里的社团名称。

闻叶名佩大师讲座有感

谁拨关山月，丝丝撩客心。

泠泠千盏曲，渺渺一江音。

赋尽离人泪，弹空流水吟。

情留柔指外，风雪落瑶琴。

叶名佩是古琴大师，张大千弟子，苏州市非物质文化遗产（古琴艺术）代表性传承人，苏州吴门琴社创始人之一，任吴门琴社副社长。叶女士从十四岁开始学习古琴，先后师从张子谦、徐元白、李明德等多位著名古琴家，操缦七十年从未间断；其琴风清婉、琴容端庄，在艺术上形成了鲜明的个人特色。长期以来，叶女士为古琴艺术的传承事业作出了积极贡献，其琴德亦为众多琴人所推崇。

“欢乐种种犹在前”——郑清国诗词

浣溪沙·同窗

木棉花下身影单。风景依旧旁无伴。鸿雁难寄心黯然。
嘻笑玩闹两无猜，欢乐种种犹在前。他日相聚尽开颜。

少年游·寄语

雪舞漫天世间白，百花业已凋。寒风起处，一缕幽香，枝头绽放俏。
凌霜傲雪孤芳赏，伫立红尘笑。解花明语，美好寓意，心中渐明了。

渔家傲·求学

闻鸡起舞沐朝阳，行色匆匆上学堂。道旁露珠沾衣裳，未见顾，只因寸金光阴藏。

学海奋进求金榜，奈何拦路虎猖狂。暗室逢灯指方向，激斗志，莫负少年好时光。

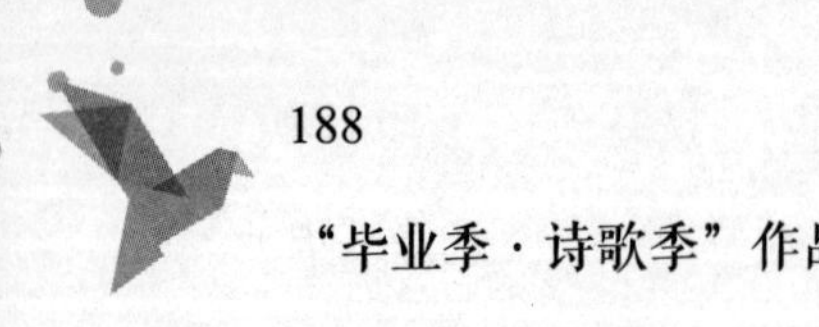

校园诗趣几则

发

一晚自修，几女生为发型议论良久有感而作

头发长来见识烦，三千青丝惹人愁。

长短不一心不定，悦人乐己谁人定？

茧

期中考，开卷，观众生忙碌状而作

话说开卷不背书，追逐材料多又多。

临阵磨枪急如火，舍本逐末自找苦。

破阵子 · 春夜考试

春夜蛙鸣阵阵，窗外风声呼呼。室内灯明正当时，低头苦想答题急。思绪乱如麻。

转瞬时间将至，白纸空格黑字。垚声点点引话头，钊语声声惹人烦。一片讨伐声。

“更共何人过芰塘”——韦树定诗词

毕业季集句

大学毕业之际，梦得“一场春梦了无痕”句，集近现代名家诗句，成七律数首，聊以抒怀。

一

一场春梦了无痕（自题句），
香草筵前酒几巡（郁达夫）。
漠漠郁金香在臂（龚自珍），
茫茫烟水着浮身（苏曼殊）。
吁嗟脑海花岗石（聂绀弩），
来作神州袖手人（陈三立）。
抚剑长号归去也（康有为），
萧寥天地此前尘（谭嗣同）。

二

遮莫临行念我频（黄景仁），
一场春梦了无痕（自题句）。
身经沧海羞逃世（朱　德），
家有贤兄感脊原（谭嗣同）。
面壁十年图破壁（周恩来），

侯门今已作黉门（我旧句）。
亭西枨触年时事（郑孝胥），
霜冷秋残一断魂（齐白石）。

三

苦随车马逐黄尘（沈尹默），
寂对河山扣国魂（苏曼殊）。
三昧神通尽游戏（文廷式），
一场春梦了无痕（自题句）。
头颅早悔平生贱（柳亚子），
严冷须知造化恩（郁达夫）。
日后相思渺何许（李叔同），
夕阳弦诵梵王村（陆维钊）。

四

自热肝肠契道真（陆维钊），
笔端浩气满乾坤（丘逢甲）。
行藏随处堪成笑（谢无量），
襟抱凄寒不可温（钱锺书）。
五岭逶迤腾细浪（毛泽东），
一场春梦了无痕（自题句）。
曾惊秋肃临天下（鲁　迅），
只有吾心万马屯（聂绀弩）。

五

人间无路访仙源（丘逢甲），
鹤背天风堕片言（龚自珍）。
要识风骚真力量（谢无量），
去留肝胆两昆仑（谭嗣同）。
灯前各掩思亲泪（黄景仁），
江上重招倩女魂（郁达夫）。
怪底近来浑自醉（郑孝胥），
一场春梦了无痕（自题句）。

己丑夏月赠周庆昌，高顺强诸兄毕业

斋心一任水东流，漫卧睢阳百尺楼。
蚂蚁庸庸新事业，蟪蛄碌碌小春秋。
偶逢伯乐鞭前马，未解庖丁刀下牛。
猛忆杜陵舟夜句，江天复值送沙鸥。

毕业一周年重过商丘戏作，用王渔洋《秋柳四章》韵

一

京师难以祭诗魂，送我吟鞭出蓟门。
霜舞梁园红有约，月依睢水碧无痕。
卖馍声里凯旋路，打狗房前解放村[①]。
又向火神台下过，北漂掌故与谁论？

注：①予毕业后，尝居解放新村馀，每夜归，犬吠声不已。

二

春明夏梦满湖霜[①]，更共何人过芰塘？
入校我真凡鸟辈，搬书师送汗牛箱[②]。
行藏故国秋风客，婚宦同窗钻石王。
文秀山头枨触遍，来看旧巷换新坊。

注：①校园中有春明湖与夏梦湖。②毕业前夕，张新华老师夜骑三轮为我载书数箱，今仍置解放新村处。

三

频看同窗著嫁衣，梦中婚礼是耶非？
到场每报钱兼益，敲钵依然饭特稀。
倩我三生顽石转，笑他八卦满城飞[①]。
因缘欲谱桃花扇，壮悔堂前愿已违。

注：①据传商丘古城为八卦城。

四

自持庸福得人怜，耆老睢阳迎暮烟。
酒到张弓惟诺诺，诗于芒砀总绵绵。
刷牙临帖还三笑，弹指流光又五年。
此去大人休再问，元芳归计向谁边？

“雪泥昨日踏飞鸿”——杨岚勃诗词

临江仙

点点桃花开落，悠悠碧水流东。雪泥昨日踏飞鸿，今朝痕尚在，只是影难重。

几刻光阴如梦，醒来人去楼空。恍然鲁望忽相逢，谓余君子泪，不洒别离中。

鹧鸪天

汴水悠悠弹指间，寒来暑往已三年。纷纷众鸟辞山野。簌簌群芳落九天。
去既易，见何难？离愁休把话伤残。人生再聚岂无日，明月楼高莫倚栏！

鹧鸪天

恰似西风过园林，群芳飘荡各纷纷。当时不解别离苦，今后方知风雨深。
时不再，去难寻。匆匆一刻抵千金。故人虽远心同在，万里天涯亦比邻！

水调歌头

弹指白驹过，岁月似悬河。风云有幸相会，缘分自知多。昔日同窗侣伴，竟作飘蓬飞散，别绪意如何？细细风扶柳，滚滚水扬波。

抒离情，伤离语，唱离歌。人生长恨，一刻千金去如梭。天有云舒云卷，树有花开花落，何必泪婆娑？再饮相逢酒，一笑醉颜酡！

“串缀光阴赋大成”——安洪波诗词

无题

取我派克笔，着我英雄墨。
吞吐旧时光，历历红与黑。
块垒何以浇，情怀良难得。
不到水穷时，焉成倾国色！

校园外晨跑

秋寒升栈路，视野豁然开。
青鸟空中过，白云天上来。
不能停脚步，岂敢诩英才。
都说西山好，风烟望五台。

青葱季节的乡愁

麦熟杏黄河草青，初心不改故园情。
山连家国路千里，月出乡关云五更。
回忆只今成远忆，前行到底是修行。

便将客思凝珠玉，串缀光阴赋大成。

校园遇雨有感

寒暑几多愁，无凭是自由。
雷翻声远彻，雨落气横流。
世事天方晓，人生山早秋。
管他清与浊，到海莫回头。

“独行小径醉韶光”——宋常之诗词

桃园赠远行学子

春雨如期至，满园花木芳。
桃英漂异域，客久望还乡。

徜徉校园

含苞待放盼芬芳，蝶吻娇颜为此香。
风入槐林花雨落，独行小径醉韶光。

秋游偶赋

枫情如火万山秋，彩叶凝丹画梦游。
莫笑草衰无远志，飞黄绽翠入吟眸。

宿舍停电之读烛感悟

烛光淡荡梦依依，垂泪无声有所期。
为唤光明昭黯夜，此身何惜化尘泥。

冬日思乡

暴雪迷人眼，群山雾霭中。
银河三万里，玉垒九千重。
踏雪思桑梓，溜冰忆弟兄。
寒风蜇指骨，怀远意何浓！

寒假乘坐火车回乡

骋目车窗燕岭环，群峰东望隐无边。
巍峨山脉凌霄险，缥缈烟林落木寒。
峭壁迎眸过村镇，夕阳送客返家园。
可怜食物难饱腹，梦里寻来宫阙餐。

大四下学期春游

偕友山间住，飞觞醉玉崩。
春风吹梦断，新柳剪离情。

思念

落英随浪去，春水漾心澜。
飘渺人何在？借行竹叶船。

一剪梅·假期游玩感怀

车走盘山御劲风。落日余晖，野鸟归程。轻舟月夜影中行。柳上嫦娥，泉涌明灯。

独自登楼望远空。烟火开放，桥索江横。畅游无法遣心情。千里如何，终是浮萍。

忆秦娥·同学聚会

在天际，霞光一线难相遇。难相遇，晨风唤起，共邀江里。

影随摇曳波涛密，山川两岸寻瑰丽。寻瑰丽，咔嚓入画，笑声合律。

“除却无题即自题”——王海亮诗词

蝶恋花 · 毕业随想

一季青春何所有。夏日蝉鸣，雨后垂杨柳。小巷单车同某某，月光如玉星如斗。

二十余年奔与走。老了天真，满了杯中酒。每到此间总回首，烟沉水阔云翻覆。

青春怀远

一树梨花别梦轻，从来风不到曾经。
重温二十年间事，沧海波澜平未平？

归来依然少年

惆怅春风吹白衣，少年心事许谁知。
而今遍写相思字，除却无题即自题。

忆同窗有赠

红尘历历许谁看，杯酒偏能暖赧颜。
自解忧伤还落寞，同销隐秘共艰难。
凭君意气容孤傲，笑我斯文实可怜。
莫放雪舟归月夜，江湖风疾欲遮山。

临江仙·文英回南开故地有感代赋

一叶随风飘影过，回眸犹恋嘉荫。青葱岁月去无痕。清晰惟脉络，恰似掌心纹。

那日花开南陌下，暗香潜结衣襟。湖光澄澈映云心。霜华应笑我，依旧恁天真

采桑子·十年

十年一叶风翻过，天际星光。鬓上微霜，再过十年梦亦凉。
渐深岁月催人老，抛却荒唐。又念荒唐，百味从今仔细尝。

临江仙·忆

银汉壶中蜃气，高城顶上蓬莱。流光幻影共徘徊。天风吹欲动，想是有云来。

记得当年初见，满池菡萏花开。香分一脉小青苔。落英栖梦久，重到不须猜。

何满子 · 重过桥东忆校园往事

百计留春不住，暗香零落衣襟。昨日风光俱在眼，青岚红雨遥岑。一晌鹧鸪啼遍，夜阑云散星沉。

砌下流光自舞，灯前小字长吟。天意难猜人易别，彼时莫悔初心。挥手长街犹望，桥东有梦堪寻。

喝火令 · 蔷薇故事

烂漫真如醉，温柔力不禁。遍燃街角与园林。密约淡烟微雨，一梦抵春深。

月色还如旧，风回露满襟。碧丛无迹可追寻。解释流光，解释暮烟沈，解释漫天星散，难解是初心。

鹧鸪天 · 别中央社院文化传承班诸师友二首

湖海飘零惜此缘，从兹风雨总相关。天分云影因春老，月度晴光到夜阑。

拼醉胆，抵清欢。浑然忘却是中年。回眸或已无多梦，惟觉当时挥手难。

消受从容十日谈，风云变幻说玄禅。嘉阴历历听归鸟，流水淙淙润萃园。

烧大脑，护心肝。如痴如醉接先贤。炼成彩石无他用，或补中华一角天。

“青葵光景本来真”——芮自能诗词

浣溪沙·小学时光之一

夏至闲乘松木驹，冬来作伴小泥炉。人间真味是当初。
秋雨绵绵无闷事，春裙曳曳有情书。无邪除此不堪图。

浣溪沙·小学时光之二

斗蝈输赢不细论，鸡豚照料渐相亲。那时人物两清真。
如许遐思晴日雨，无边彩梦火烧云。少年学问恰宜纯。

浣溪沙·小学时光之三

点水蜻蜓四月初，翩飞燕子总相如。蓝桉向日放晴舒。
课上吟哦无着处，回来招见有芙蕖。自然替我漫翻书。

浣溪沙·暗恋

春梦须臾未恨迟，腻云如画画如诗。有情人在小窗西。
风阵阵吹虚抱里，雨丝丝落老槐枝。人间天上一相思。

浣溪沙·重回小学学校

古柏依稀石桌边，罂花种趣偶留连。潸然独在藓苔间。
忽有书声勾记忆，更无夕照挽心颜。难回二十八年前。

浣溪沙·重逢大学同学有感

满座清欢分诉衷，酒花妆点为重逢。别时掩泪强从容。
十载风霜零落里，一窗名姓有无中。蜀山蜀水半朦胧。

浣溪沙·致蛰师

谁筑津门半梦庐，前贤精诣苦营殊。漫天桃李竞同趋。
或向幽窗思霸上，更于笔底作兰奴。当今几个是真儒。

浣溪沙·闻昆明连日大雨有寄恩师

公赋祥云已绝伦，我耽吟道半成人。风流老少两端匀。
吾共星辰何耿耿，君同夜雨亦谆谆。何时杯酒再重温。

浣溪沙·为大学同学至滇记

忙置村飧与酒觥，为君千里洗云程。斜阳不语怕分情。
明月洗池鱼尾尾，清风送客竹声声。蜀山滇水两书生。

浣溪沙·无题

一夏蓝楹齐缤纷，明明欺负过时春。倚门无语到黄昏。
名利生涯元是梦，青葵光景本来真。鬓霜消遣读书人。

南歌子·小学

趣滚玻璃子，闲吹小画皮。扑萤打雀总相宜，时爱屋前巷后笑藏迷。
曲唱新中国，书翻四有辞。新装不许染尘泥，更有师夸母赞满稀奇。

南歌子·初中

学习难潇洒，单车已至亲。主张渐有不辞贫，深把零花币作雪花银。
豆抱垄头月，瓜偷隔帐人。书灯喂饱够斯文，道是情怀到此始成真。

南歌子 · 高中

岁月曾疑惑，情谊至此佳。下川上坝遍邻家，风削雨磨都是好年华。
课业荒如许，春心发半芽。池边松下问云霞，记得当年失约那人吗?

南歌子 · 大学

校柳怜窗近，斜阳衬思沉。蜀南风景可人心，最忆豆花佐酒始知吟。
执拗真脾性，温情不吝深。翩翩公子女儿歆，忾惜身名俱贱到如今。

夏日燕黉堂 · 忆同学兼致毕业少年

日偏长。正素葵仰面，细柳分行。微雨已陌上，湿几穗禾香。轻歌漫舞皆年少，似前番、燕子离堂。看云山妩媚，东风释放，也凑同窗。

从此各奔忙。陪风霜患难，名利交觞。劫尘过半，能不忆韶光? 园林故事犹青涩，怎读回、懵懂文章。动粗疏笔墨，写真情绪，别样牵肠。

“一把情丝研旧事”——史洪玲诗词

唐多令·晚秋于昌图送同窗

西陆锁菊幽，霜风落叶秋，友方辞、折柳成愁，此去经年多少日，托雁信，到昌州！

寒水荡孤舟，萋萋暮色收，话溪边、空酒难留，相约花茵三月早，时将是，醉西楼。

过小学有感

肩背一缕霞，笑语落晨花。
求学光阴促，功成问业华。

喝火令·忆初恋

醉入花深处，瑶筝伴舞欢，落红成阵水如烟，云柳乱飞波渡，惊醒月空寒。

又尽杯中酒，还书梦里颜，莫言眉下两潸潸，怎教星残，怎教夜微阑，怎教雁回时候，别恨是离园。

满庭芳 · 春游偶遇同学所作

杨絮堆霜，桃花点雨，远山浓翠迷云。倚舟轻渡，斜棹荡漪纹，忽觉湖旁指顾，凝眸处、喜见斯人，双挥手，催开细浪，噎语更殷殷。

堪闻，经卅岁，银妆鬓角，往事常温。说多少经纶，几见成尘，惊觉余晖绰绰，恍然里，又惹啼痕，邀明日，学廊老院，且把月销尊。

卜算子 · 昌图别同学回沈阳

常恐别离声，又把离情度。但见舟车汽笛鸣，频向卿回顾。

暮鸟傍山飞，恹恹归时路。曾是同窗共读人，回首天涯处。

西江月 · 思

柳岸轻披霞暮，花溪半掩兰舟，闲筝不解是离愁，雁过音沉依旧。

情醉红尘一梦，心藏往事三秋，忧思一缕钓银钩，倚遍清栏人瘦。

临江仙 · 赠同窗

梨案银釭初照夜，熏香自许多情，笑谈银月抚秦筝，风华常在，老曲醉心声。

一把情丝研旧事，千重祈愿为卿，薄笺难赋已三更，酒杯交错，魂梦与诗成。

临江仙·江湖（八·二班）

梦醒时分更漏断，竹帘影瑟秋丛，那时白羽挂雕弓，疏狂征万里，长剑吼西风。

锦绣江山鞭烈马，平生不觉春冬，繁花歌尽已无踪，天涯离恨远，唯月伴吾同。

相遇

是一场缘分
在落花纷飞的季节
牵扯那条遥远的线千里万里
高山流水
一首亘古之曲
如果没有失误的一笔
便没有这个梦幻般的传奇
呵护像给予春天的细雨
小心翼翼
守着馨香的花蕊
浓情与淡墨的相聚
都变成温暖的回忆
没有放弃
不曾迷离
缘分
如水如梦无绝期

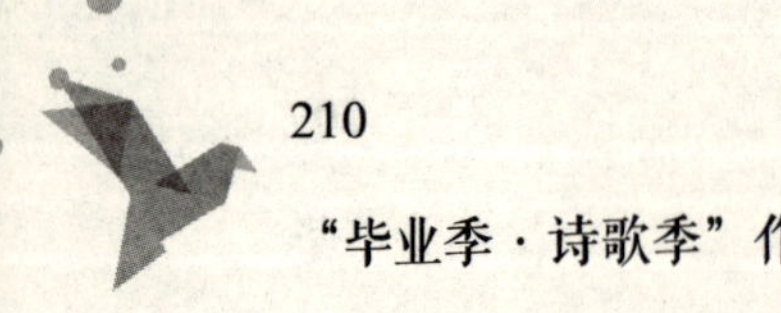

再遇初恋所作

曾以为，
在这春日的暖阳里，
见到繁花之中的你，
曾以为，
在这茫茫的迷雾后，
听到梦幻的声音，
许是一种期待，
许是一种煎熬，
许是一种恐惧，
莫名的感觉，
总会一点点靠近，
不敢出声，不敢言语，
就怕突然的响动拉近了别离，
带着这份莫名，
在那个阴雨绵绵的午后，
我找到了出口，
梦一样的旅行，
迷失了方向，
那是一片氤氲的花海，
触不到，
摸不着，
错过了年华，
错过了韶光，
错过了花朵一样的年纪，
把梦留下隐藏，

走入蓝天下，
胸怀里是整个春天的芬芳，
笑着笑着，就笑出了眼泪！
哭着哭着，就哭出了笑声！
轻松是放下，
自然是前行！
要不，就一起吧，去感受人生

“所幸年华终不负”——车东雷诗词

鹊桥仙 · 毕业一年回见良师

牡丹清露，初阳微湖，四月小风云雾。凉凉瑟瑟不知时，离离合合情深处。

往事旧途，良师益友，别梦夜明星簇。春色两季皆在目，音容笑貌恩不疏。

临江仙 · 辞别远行的兄弟

池畔青柳缀春风，长廊别过弟兄。躬身泪目道珍重。回首蓦然影，前路不匆匆。

今日清茶不问酒，昨夜长留心中。聚散两难皆有时。辞别祝安好，荣归锦绣同。

浣溪沙 · 别离伤怀

一晌流光不可贪，繁花时节又添憾，号音未了此别难；

杯酒未醉拥泪颜，月色静谧人不眠，不知相逢不知年。

浪淘沙·毕业祝词

烟雨又平湖，良禽佳木，一勺池畔好读书。千锤百炼曾共度，今朝江湖；临别举杯箸，往事细数，所幸年华终不负。道声来日再相聚，大好前途。

青玉案·毕业别离

辞君千里心悠悠，月光凉，登星楼，朋兄遥饮一杯酒，不问去留；送别歌中，醉笑解千忧。

前路南北又西东，离时初夏已成秋，祝望前程共披锦，京都关外；一如往昔，红尘再聚首。

满江红·军校毕业送别战友

旌旗翻飞，号角响、威震苍茫。道离别，军歌喝唱，未诉离殇。从军初心不曾忘，辞行之日闯四方。背负行囊共凝望，转身别，情不凉。

今日酒，送战友；谁在侧，泪两行。青春忆，热血刻印匆忙。君子淡然如水，战友情深意长。绿军装，纵使荆棘血，共辉煌。

战友别

——军校毕业战友寄语

挚人漫勾索，礼敬舒壮怀；

横跨红鬃马，掠影明镜台；
黄沙逆身走，万里舍尘埃；
北风知我意，傲名吾辈才。

聚别

——毕业一年梦思

聚易人难别，离夜梦更迭；
千山飘暮，旧人共赏月。

如期而至

——毕业前夜忆军校阅兵

在那个如期而至的时间
好像约定好的天气，大雨滂沱湿透军装
却浇碎了忐忑，连同背囊里的慌张
一个人一堆行李
在雨停了、彩虹妖艳的时候
站定在一排排迷彩里面，不起眼地伪装

如期而至地走进军校
那片被他们叫做火热的，营地
那是个整天消耗青春荷尔蒙的地方
我来了，他们也来了

如期而至地，穿上一身橄榄色
如期而至地，学着把军歌嚎唱

在每个如期而至的清晨
疲惫的双腿依然得跑起来，燃烧多余的脂肪
磨砺并不健壮的身躯
黑色的脸搭配迷彩，每天都一样
呼号声穿透耳膜，叫醒惺忪的眼
震碎一夜的好梦

于是，一群大男孩在围墙里
直面那轮如期而至的太阳
感受盛夏慢吞吞的节奏，和一滴滴酸咸的汗
排排站，排排走，脚音是一起响
我看，瞪着大眼睛斗志昂扬的
左手边是昨夜失眠的对铺
右手边是今晨叫醒自己的班长

我们重复地走上千万步，磨坏几双鞋
就期待着如期而至地成长
在方块阵里，就是一个排尾、一个边角
最后的那场检验终于如期而至
几百人的最后亮相，可惜没人关注我
除了身边的几个，除了自己没忘

在一个如期而至的夜晚，我们忍不住地

席地坐坐，说着阅兵的辛苦、委屈
红着眼眶，眼泪从毛孔渗进衣装
那晚，是毕业前夜
明天，如期而至地离开
得好久好久再来讨论一路迷茫

这里的日子没那么火热，反而枯燥
一切都自然，仿佛安排好的
我们连吃饭、睡觉都一模一样
我们走路的姿势，肤色就像亲兄弟
曾经痛恨的太阳依然火辣，却不再
有烈阳下的正步
不再有阴凉处偷懒的迷藏

军校生活，有太多印象
唯独阅兵训练最漫长
就算不用刻意去想，也会在夜里看着窗外
那暴晒不分季节如期而至
那汗水不分温度如期而至
那坚定的步伐不分时间如期而至
那样的我，我们不管毕业与否
都在青春回忆里如期而至

问答

——军校毕业告别心爱

与你的离愁在千百个日头之后
与你的钟情在那一刹那的目光停留
谁问我怕不怕黎明前的黑色
我不记得那时、那人、那忐忑的语气
却不忘回答了，我爱黑暗后的白昼

于上一秒幸福的挥手
分别，谁都看到了泪流
在转身的瞬间，是我开始想念你
是我透过车窗看你的背影
回答你关于一辈子的问题

一整盒的车票洒落
是盖上同样的印章的票根
依稀还有分别时匆忙的脚步
恨不得多待几秒钟
恨不得再牵手更紧，拥抱更久

相约的酒，恨不得一醉方休
下次吧
这次光顾着回答你的问题
是爱不爱，是可不可以期待以后
你收藏着希冀：日子匆忙依旧，分别少有

也许，与你共享平凡的当下
那窗前摆放的干花
已脱去曾经饱满的模样
昨日，送镌刻着你我名字的礼物
只有我、你和那个雕刻家知道

梦里的你曾问我
爱是不是要相互凝望
清晨，我醒来的时候回答——
爱，是两个人纵然在时空中肆意的别离
也一直看着同一个方向

我问你答的
或是，自问自答的爱情
在彼此轻声细语，也信誓旦旦的回答里
收获了每一段感动的记忆
每一个气愤的、重复的、幼稚的问题里
诉说着思念和唯一

“青梅还记未”——赵天然诗词

题青梅图二首

枝头春梦赊，叶下青青子。
儿女共初心，相思嗟若此。

君问少年时，青梅还记未?
经年不暇思，回首酸酸味。

毕业时节有思

飞花似雨惹人愁，卷下帘栊思更幽。
依旧情怀常入梦，几多春日独登楼。
回看世事皆能了，须晓愚痴未肯休。
莫问心香究何处，红尘无尽正迎眸。

题新疆师范大学校庆

再至芳园倍觉亲，卅年风雨卅年春。
古来乌鬓长怀志，到此青衫不畏贫。
师道信能安世俗，蚕丝吐尽解情真。

白头功绩标疆史，都是菁莪无倦人。

同窗小聚

少小无猜每忆真，多年常做梦中人。
浮生风雨江湖远，往事烟云岁月新。
曾惜闲花何似雪，今怜芳草忽成茵。
萍踪辗转重相聚，暖上心头手足亲。

鹧鸪天 · 致青春四阕

一

往日匆匆不可追，几番回首愈迷离。燕山明月常萦梦，瀚海春风难到眉。
愁未老，悔犹迟，一行清泪一行诗。红尘旧事终云散，只作悠悠笛上吹。

二

多少心情付岁华，春花秋月指间沙。丁香园内方成径，豆蔻梢头欲吐葩。
风眷眷，雨些些，红尘一梦远天涯。栏杆倚遍凭谁问，流水依依枉作嗟。

三

误落红尘辛苦多，青春岁月任消磨。翻于笔底三生梦，绕作心头半曲歌。
愁有几，意如何，秋风秋雨等闲过。可怜谁解孤怀重，袖内新诗一卷摩。

四

风雨黄昏莫倚栏，彼时吹落梦三千。曾经往事何须问，依旧情怀未忍寒。
惊醉客，叹流年，烟云满纸倩谁看？平生已觉天涯远，更向天涯山外山。

金明池·忆青葱

春事如潮，东风无赖，漫引长堤飞絮。看天际、垂江素帐，裹持得飘忽烟雨。但休云、若许春光，因正是、落寞天涯孤旅。更笛管悠吹，欲清还乱，断断些些情绪。

莫说三生缘已许。却涩涩青梅，匆匆相遇。空愁怨、丁香事了，问底事、痴人情苦。久徘徊、更觉神伤，望四下人稀，周天幽暮。羡荼蓼菰蒲，风前摇裔，白鹭闲闲沙溆。

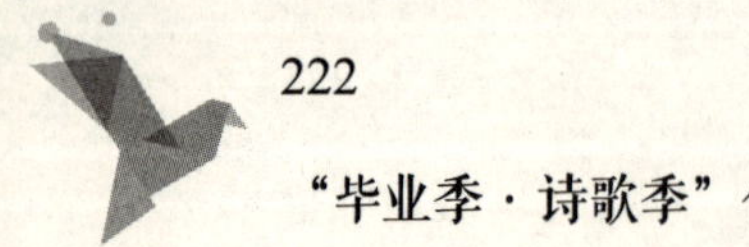

“拿云彩梦存”——柳琰诗词

毕业二十周年同学聚会

时间骗你没商量，倏忽秋风几度凉。
红豆昏灯身并影，霜天笺字雁成行。
将军肚引千杯酒，鱼尾纹牵百转肠。
一段曾经提不起，眉头心底且珍藏。

西江月 · 毕业二十周年聚会重回校园

今日心情如酒，相思淌出几行。浓阴堆里数橙黄，却被欢声一撞。
记忆蘸些甜蜜，别愁打湿月光。满天星斗入行囊，鸿影已过千嶂。

玉楼春 · 闻母校拆迁有感

青春无锁如啼鸟，几页天真翻过了。三年多少梦如花，还住芸窗都未老。
楼中情思莫倾倒，碧草灰墙留一笑。柳丝无计挽斜阳，空有浮云对晚照。

蝶恋花·高中同窗廿载分别再相聚

碧柳新芽青杏小，蛙鼓蝉鸣，无债无烦恼。河埠笛砧催晚棹，两三灯盏共昏晓。

云底鸿鹄来浩渺，笑语粘天，山啃夕阳少。绿湿红轻春未老，繁花如梦遍开了。

绮罗香·咏苏州中学

暖日花明，风轻水皱，无觅几丝飞絮。抹去闲愁，弹进易安词句。曲径侧，嘉木浓阴，更引得，莺啼燕语。矮楼听食叶蚕声，思青衿寒暑辛苦。

时梭多有逆旅，休付临窗独盏，怨天无助。雪岭烟消，犹把翠波相吐。偶尔有，夜雨伤神，更添味，青梅酒煮户牖开，十万江山，逐鱼龙共舞。

魏门弟子姑苏雅集临别有感

翠柳芍红围碧塘，楚风吴韵入吟囊。
仪来有凤歌成串，云去无言泪几行。
明月将心寄沧海，清风吹梦到潇湘，
落花未解流水意，欲索相思良药方。

忆沧浪诗社诗词培训班

一曲东风拨柳筝，新篁出土破泥声。
户扃悄启开混沌，心纸铺开种仄平。
烟雨莫弹由瑟冷，山川壮色任毫轻。
莫愁诗路无知己，雏凤扶摇共锦程。

见大学毕业照

柳枝吹又瘦，雁影入微茫。
今看泛黄照，泪眸犹闪光。

忆大学时光

一段林荫路，冬春复几轮。
舍灯如豆小，瘦笔索知新。
逐日青骢影，拿云彩梦纯。
闲哼《昔日》曲，走调也相亲。

注：《昔日》曲指卡朋特演唱《昔日重来》

看大学照片

粗瓷块肉守灯昏，逐鹿绿茵扬土尘。

昨日心情今已锁，偶凭旧照拾天真。

校园足球

漫卷书经鼙鼓催，绿茵斗法立崔嵬。
蛟龙披甲严军阵，骐骥扬蹄驭震雷。
精气神从胆中聚，云霞电自鬓边追。
豪情燃炽九霄里，把酒言欢醉一回。

“家邦报效从兹始”——金中诗词

丙戌归国就职西安交大感赋

母校重回执教鞭，人生感悟历行圆。
浓荫坦道法桐树，新舍高楼汉苑天。[①]
力哺英才勤解惑，直追夙梦倍思源。
家邦报效从兹始，珍重青春而立年！

注：①交大校园多有新楼落成，学生公寓皆面貌焕然，北邻兴庆公园为唐宫旧址。

春日授课途中

抖擞英姿赴课堂，校园随处有春芳。
清风簌簌樱花雪，落我中山灰上装。

交大校园向公众开放，并安排学生引导游客赏樱

游客芳樱共若云，淡浓粉素绽缤纷。
堂堂学府胸襟阔，不吝春光百姓分。

逃课

辛勤到课欲何求？混个学分万事休。
师教谆谆风过耳，点名一罢便开溜。

校园约会

一

秋宵约会久心牵，守候中三教室前。
《流体力学》新课本，是谁遗落讲台边？

二

如毯随风落叶轻，法国电影画中情。
梧桐宁静学森路，与你摩肩款款行。

三

及到偏门夜已封，校园漫步雨迷蒙。
折回原路心犹喜：可以陪君又一程。

送张睿同学赴美国密西根州立大学交换留学

一入诗门咏便奇，珠玑挥洒大洋西。
此番深造当如我：战略远程轰炸机。

咏核工程专业谢文韬同学

妙笔连发势莫收，他年光彩震寰球。
喜欣交大诗词会，又储新型核弹头。

送娄雨悦同学毕业赴南京从事会计工作

再向江南胜地迁，长安文理两修全。
莫耽盘点财钞乐，废咏秦淮明月篇。

并读《中国山水画鉴赏》与《近代物理学发现》，戏作

丹青磁电两相合，文理沟通意趣多。
还似食堂来点菜：刀削面就肉夹馍。

代交大返校毕业生作

耳畔重闻笑语声，恩师斑鬓旧慈容。
东花园共腾飞塔，几度魂牵在梦中。

校园待人

垂柳依依拂晚风，夕阳人面半朦胧。
逸夫楼外草坪上，情侣两三围坐中。

“青春滋味多如此”——江合友诗词

金缕曲·丙申赴南京大学感怀

长记南都旅。历三春、校词昼夕，备尝甘苦。同读梦窗花荫下，亲面蒙蒙轻絮。曾共踏、清凉山路。垂钓漫游消遣后，更半江楼上师徒聚。相对笑，捧杯处。

暗惊弹指愁风雨。恨年年、滹沱河畔，学幽燕语。稍喜而今归来也，不过盘桓些许。且痛饮、狂歌醉舞。叶底鹧鸪知吾意，为声声啼遍烟江浦。又别绪，万千缕！

菩萨蛮·丙申小满日

自石门赴南京，火车上即景口占

长车一夜金陵到，依稀犹似当年貌。危耸阅江楼，江心千舸流。

钟山苍翠送，白鹭洲边弄。故地又重来，喜悲惊满怀。

赏松菊·丙申小满日

业师张宏生先生花甲寿诞，赋此拜贺

风吹万顷清圆举，嫩藕绽香摇蕊。庆逢甲子，满佳辰和气。两宋功臣曾是，又开示、清词法轨。众门生，仰循循化育，绕梁音旨。

今夜金陵盛会。泛蟾光、玉轮当空起。福乐尽称祷，荟人间祥瑞。嘉道咸同已就，巨编蕴、纷纭内美。似苍龙，倚松，仁者百岁。

鹧鸪天 · 丙申四月十五日，

同门三十馀人随业师宏生先生至句容

明人农庄雅聚，斜风细雨，竟日不休

泥抹篱墙旷野中，一田菜籽一山松。睡莲微吐黄香蕊，长苇低随翠冷风。

咸侍坐，乐融融。濡豪铺纸草堂东。舒迟与语当年事，更赏庭前烟雨浓。

撷芳词 · 忆廿余年前寺山游泳

寺山在昌江南岸，丽阳中学在山之西北侧。廿余年前余读初中于此，每暑日黄昏，常与同学往江中戏水。

逐荇草，涟漪小。稚气未脱开怀笑。寺山青，远山暝。向晚霞红，夕露晶莹。行。行。

人归了，波光杳。月听枝下蝉声闹。此心倾，那时情。梦中好景，枕相迎。怦。怦。

虞美人 · 怀旧，次李后主韵

昔求学丽阳镇寺山，校舍简陋，单层两栋，红砖砌墙，覆以水泥瓦，伫立荒山野草间。去岁秋回乡，随方红亮兄至丽阳中学，见老房已拆，新楼林立，无复旧貌矣。当年无甚娱乐，惟听通俗歌曲，互为抄写歌词，如痴如狂，为一笑乐。

寺山别后情难了，长恨青春少。当年歌阕逝如风，犹剩泛黄斜字老书中。

红砖泥瓦今何在？人事沧桑改。谁来旧地起新愁？忍对藕花飘谢水东流。

蝶恋花·忆高中独居景德镇

七中后山，荒凉冷寂，无电灯照明

街市边缘荒野地。一盏油灯，一枕思乡泪。一夜蛩声惊浅睡，一窗风冷流星坠。

盗贼曾偷箱箧米。默忍饥肠，默饮龙头水。门外谁从残月起，青春滋味多如此！

“风里桐花一梦殊”——彭彪诗词

别友有寄

旧时君我料难逢。聚散真如转逝风。
悄立桥头心迹杳，看人独放孔明灯。

途中集句

一肩行李一吟身。（黄仲则）
更送浮云逐故人。（戴叔伦）
愿祝加餐强健在，（王　翰）
不耽富贵不忧贫。（李梦唐）

返校四首

其一

午后窗晖斜照书。微云遥共远山无。
阴阴故舍空庭树，风里桐花一梦殊。

其二

褪尽青春秋意迟。校园犹有未枯枝。
归来久坐花荫下，红叶逐人似故知。

白石簃主人评曰：此写秋日返校。末句最佳，红叶仍似当年，风中逐人，依依之情出焉。不说人恋红叶，偏说红叶恋人，此善于变换角度者。惟第三句花荫，略显突兀。

其三

隙马流光未有痕。北风凋尽旧时春。
归来久立斜阳里，寂寂湖山似故人。

其四

一树频传众鸟呼。归来旧舍覆苍梧。
无人共话当年事，久立窗前风满湖。

临屏送友赴土耳其

遥隔千山外，送君南国行。
愿桥都稳固，隧道亦光明。

注：三四句见土耳其诗人塔朗吉的《火车》。

赠李金超三首

高三与李兄相识于网间，常与谈文论事，至今时近八载，昨日李兄因马拉松来汉，始得一晤，相与俊游，一如旧时相识，今夜送之返京，诗以记之。

临江仙

十载相交屏上字，几回遥慕清容。今朝共聚马拉松。青春同跃步，绿水绕江东。

话罢当年明日事，默然立尽长风。莫于别后问重逢。君行如雁去，我亦赴萍踪。

白石簃主人评曰：记事清楚，从前至后，前因后果，娓娓道来。记事之外，亦叙交谊，情感真切。

晚点改签

远游人各似孤鸿，十载论交指上风。
失路何妨同一笑，杏花飞落雨声中。

赠别

过客偶然留履痕，雨中遥送远行人。
祝君安卧舟车梦，明日应逢北国春。

送同学返南京

此去偏逢寒水秋，知君好入远山游。

江城直下金陵去，行路途中莫久留。

暑假返乡

江流山色远成苍，一树莺啼身后藏。
路转桥头春水绿，故人河岸唤彭郎。

"寒暄莫是稻粱谋"——任松林诗词

当时

当时意气想成真。携手同行趁月轮。
独听一江东逝水，经年各自惯红尘。

他年

他年心迹书云纸。检点生涯浑不似。
明月如常来照人，一庭风露凉于水。

雨中别仙林赠王兄铎

仙林一望黯然收。风雨连天各自愁。
我欲图南伤羽翼，君行携剑对江流。
萧萧易水沉微语，杳杳钟山作远游。
他日相逢诗酒里，寒暄莫是稻粱谋。

注：王铎兄，国防生也，故有携剑语；仙林，特指南京大学仙林校区。

再别仙林雨中赠泽华路路继予诸兄仍用去岁赠王铎兄韵

石城风雨一时收。草木有情如带愁。
车去车来行作别，尘扬尘落水成流。
二三子此间同往，千万人其谁与游。
明日相望在南北，寄言孤月得为谋。

注：诸兄皆国防生，余大学篮球队好友。

有赠

似海城池车泛波。一身随影雨中过。
有情青眼怜痴我，无限兰心属玉娥。
但得临风听叶落，不堪持酒为君歌。
可能今夜寒千里，浸月梧桐结露多。

前韵

生涯衔石度沧波。人海沿洄独夜过。
来饮冰醪入蝴蝶，起看斜月隔嫦娥。
三春易感禁明灭，万事乖违减哭歌。
回首秦楼烟露冷，不知幽恨属谁多。

返校前日值中元见祖父生前所用时钟感怀

逝者如斯竟未休。寒园无物不生愁。
临风尺素知何寄，对月中庭有泪流。
蛤食年来增旧齿，苍穹气动转新秋。
两违家国成何计，载露明朝更远游。

无题

坠坠栾华满客园。我行曾是汝行痕。
重山不觉车尘厚，薄暮稍嫌月影昏。
无语独悲成旧识，有生犹可进新尊。
凄然对雨今朝隔，但喜胸中心尚温。

将游苏州用句兄听雨韵

叶底寒虫断续鸣。雕栏过雨暗苔生。
可怜古迹空同里，愧赋新诗老石城。
宋玉楚辞悲莫诵，唐寅吴渡喜宜横。
堪期携手游苍翠，载酒行吟庆甲庚。

浣溪沙·忆去岁初雪鼓楼夜饮寄阿离女史

酒市灯迷看不真。颇黎夜雪落纷纷。杯前初认绛珠身。
别后遥望惟片月，客中痴对半倾樽。惊秋心事乱无因。

高阳台·访媚香楼雨中，用林下诸君分韵得山字

腻土流香，苍苔沁碧，秦淮过往如烟。暗洗胡尘，昏灯新笼颓园。重门深掩东风急，任谁怜、绿损红残。隔雕栏，依约匆匆，旧日游船。

笙箫不断歌难尽，但而今剩有，流水潺潺。如玉红颜，桃花扇里能看。青溪尽是辛夷树，问前生、相对无言。待归来，月满楼台，云散钟山。

注：“青溪尽是辛夷树”侯朝宗赠李香君诗。

贺新凉

怅望金陵月。又谁人、阁楼听取，杜鹃声咽。何事寒风频相扰，吹落残花胜雪。便独自、禁他明灭。浊酒聊存堪畅饮，怎奈何醉里新来缺。愁不断，头将裂。

梅花梦里蛾眉蹙。正寻常、春山惨碧，暮飞蛱蝶。青羽无情频催促，梦醒空馀盏碟。更洒泪、恍然新别。目尽长空君知否？道当时只愿心如铁。唯此际，作长诀。

长相思慢

夜雨新停，寒星微露，眉月初破金陵。仙林万里此际，长亭烟笼，小苑风清。婉转莺声。念长门往事，故意难平。毕竟飘零。凭雕栏、未敢长听。便聊对残灯。独自寻斟怅饮，不觉三更。沉眠绮梦，又恐瑶台，怕是曾经。多情楚客，更何人、知我愁生。纵得知、难会萧史，秦楼一片霜青。

注：仙林，同前。

“灵魂深处是黉园”——赵作胤诗词

定风波 · 学校夏季运动会万米赛场

号令枪声响半空，健儿驰骋脚生风，炎日无情头上照，呼啸，汗挥如雨甩苍穹。

反手脱衣肌肉突，超越，征程万米已癫疯，场外加油声不断，谁喊，人群深处脸红红。

定风波 · 上晚自习

安静灯光似水流，沙沙笔底写春秋，几本厚书深浅读，重复，凤凰待日出山沟。

急促铃声惊月色，灯熄，清风吹醒一双眸，脉脉含情深夜冻，相送，长长瘦影总回头。

定风波 · 校园回忆，依苏轼韵

一别天涯风雨声，几多绮梦伴君行，月下偶然思旧貌，偷笑，一声叹息问平生。

独立山腰何处醒，风冷，低头母校草青青，不似当年牵手样，凝望，霞光无限夕阳情。

蝶恋花·路过校园

鸿雁栖霞停老树，来往书生，满脸青春舞。小道深林还未去，恍如昨日情声诉。

云荫秋光枝下路，又忆那时，无意伊人遇。羞面曾经分别处，清风一卷翻花绪。

小重山·曾经

二十年来故地游，斜阳人独立，忆春秋。松林深处鸟声幽，风伴影，一路百花羞。

牵手荡悠悠，那年欢笑语，满山沟。追寻往事向谁求，沧桑变，逝水尽东流。

定风波·李晓老师

兰岭黄河一酒仙，春花秋月自悠然，谁立讲坛三十载？无悔，一身瘦骨写诗篇。

播雨耕云桃李艳，谁伴？灵魂深处是黉园。又是一年风景好，中考，鲲鹏展翅傲长天。

注：李晓，网名法泉酒仙，又称小糊涂仙。讲坛耕耘三十载，桃李满天下。2017中考其弟子孔繁奇摘取靖远状元桂冠。平时喜爱诗词，著有诗文集《桃李春晓》。其人风趣幽默，良师益友也。

定风波·同学会

三十年间雨雪霜，相逢久久费思量，互报姓名欢似雀，跳跃，眼眶湿润忽心伤。

执手席间长短问，兴奋，笑声斟满举杯狂，拍照天真同醉意，开始，一声茄子梦留长。

蝶恋花·娘

一树秋风催梦老，白发亲人，瘦影天杳。月下轻轻扶小草，慈颜又忆谁能晓。

手捧闹钟勤读秒，只怕推迟，上学先生恼。深夜依墙难睡倒，候儿做饭三更炒。

注：上高中时在离家15里外的学校上学，早上五点多起床，晚上十点下自习回家，三年来都是母亲早上起来做好饭，再叫我起床，晚上深夜等我回来做饭。现在学会诗词了，只想把这点点滴滴的记忆成诗化成词……

蝶恋花·大学期间忆娘

夜静星光偎月淡，恰似儿童，如影情相伴。牵手娘亲身后站，天涯醉卧频频见。

又忆村前回首看，瘦影依门，白发随风乱。泪打良宵千里断，清晖一捧声声唤。

蝶恋花 · 劝儿

小树渐高身体瘦，雨里风中，满脸青春痘。结果开花谁落后，阳光照在心头肉。

惹凤栖枝须等候，金榜题名，事业初成否。旭日东升霞舞秀，长安点亮书香透。

江城子 · 忆下晚自习回家途中

钟声十点准时旋，夜阑珊，校门前。遥望家乡，十里路途艰。月下骑车风伴影，扶手电，照中间。

乡村小道曲连环，上坡巅，跨沟沿，万点星光，上总相怜，犬吠村头娘远迎，多少载，忆年年。

注：上高中时，离家十五里路，每晚 10 点下自习我骑车回家，拿着个小手电筒照亮，村上狗一叫，娘就知道我来了，就开门迎我。25 年过去了，今天写成词留作永远的回忆。

江城子 · 开家长会有感

云遮白日渐阴天，讲台前，老师严，父母相牵，子坐身边，望子成龙多少载，名次表，细勤翻。

爹娘儿女信频传，泪花旋，落心间，拥抱情深，一切尽无言，互动声声天地感，龙凤舞，看明年。

注：高二 17 班这次家长会开的有新意，家长学生互相写信，并在讲台上交流，拥抱，很是感人。

江城子·寄语儿子

男儿本性是纯情，忆曾经，踏征程，相伴霞光，一路逐黄莺，十七年华春正在，迎旭日，读三更。

闻鸡起舞笑寒星，梦难停，笔勤耕，一盏明灯，父子共同行，恩种心中添壮志，君莫笑，看雄鹰。

踏莎行·高考寄语

明月悬窗，清辉满地，书山深处灯光寄，寒星相伴踏征程，金鸡高唱长安志。

旭日探技，大鹏展翅。长天搏击三千里，春风得意入深林，枝头花绽椿萱醉。

浪淘沙·约会

春雨渐消停，几片蛙声。红妆惊醒一梦倾，曾约荷塘清水畔，相叙平生。

莲步上花厅，玉镜含情。梳台百盒不安宁，窗外传来双鸟语，慌乱神形。

高考寄语

十载寒星伴，青春入梦中。
是非寻北斗，今古览东风。
墨醉添明月，志酬存碧空。
笑看云落处，一马啸高峰。

高考感怀

慈颜一路伴艰辛，秃笔深宵月色匀。
墨洗寒星摇万颗，风吹绮梦报三春。
长天醉处云峰越，壮志酬时牛角亲。
报晓金鸡今得意，龙行天下送清晨。

注：牛角挂书是典故。

儿子打架后拿到校方处理通知

抬首天低楼压云，鸦鸣枝上亦难闻。
车流滚滚谁知我，又累红尘一纸文。

儿子打架后家长陪着讲台做检讨

双心汗洗似锅蒸，万丈云台父子登。
忏悔无边小儿泪，呼声悲愤爱千层。

独木桥

万道金光照此桥，相分荣辱一江摇。
岸边尽落英雄泪，天上人间谁又嘲。

“我是军前伟丈夫”——朱思丞诗词

军校毕业赠别

常拭丹心不染尘，四年风雨苦为邻。
一身军绿别离后，种出边疆万里春。

赠导师印志均教授

闻韶忘味西宾客，绛帐承恩沓海潮。
谁道世间心最远，半根粉笔架成桥。

赠姜立新教授

如睹初春百日红，似闻竹笋挺清风。
知君不是郢中客，只发嘉音教室中。

参加首届全国军事学研究生暑期学校培训有感

四海邀凉伏景天，相看百卉问膏田。
学庭先遇韩京兆，名校还藏十八贤。

夜伴素娥心若镜，昼驰绛帐意飞泉。

寻师皆是五经笥，沃土培根花自妍。

注：辛卯六月，余有幸与二十一所院校百名研究生参加了南京政治学院举办的全国军事学暑期学校培训，睹南政风采，听名师教导，受益颇多。诗以记之。

赠友赴职

自古兴邦民是本，居官当效况钟廉。

喜逢盛世君应记，忧乐名垂范仲淹。

访曹剑浪先生

老花镜下半杯茶，满壁蛛丝共一家。

窗敛斜阳霉气外，书山点绿两盆花。

驻训

晨守荒原夜枕风，黄沙夜半振油灯。

帐门不闭星光外，草榻独横天地中。

探家

座座新楼盛景开，条条高速踏春来。
停车借问还家路，隔壁阿婆笑曰猜。

宣誓

高举拳头稚气除，从容今日踏征途。
神州但有风云起，我是军前伟丈夫。

“片段史 · 校园时代”——郑力诗词

一

风铃含语几来凭，已倦流萤睡紫藤。
夜色如银星在水，三更只影读书灯。

二

愧我负师期许重，再无一日返程门。
十年沦落繁尘里，忍向重泉泣断魂。

三

到别时情未浓，待寻旧影已无踪。
纵教千日薄如纸，终是回头不复逢。

四

此后冰弦谁复引，子衿想是亦尘生。
不然明月还如旧，哪向窗前共影明。

五

总期横剑走天涯，负尽一箫明月斜。
行去红尘终有尽，天涯于我隔桃花。

六

莫恨缁衣非故我，莫怜白首有相知。
茫茫秋露沉于野，莫问江湖何往迟。

七

只说相忘二字难，此情不似落红残。
故园多少好风景，却到今朝不忍看。

八

辗转尘为前世汝，零丁雨是碎心人。
蛛丝枉结缠绵里，岂奈羁长只一身。

九

还染一枝梅子小，书声雨韵似重来。
词笺婉尽玲珑意，心上灯前解不开。

十

囊中旧纸已斑斑，泪迹涂痕不忍删。
倚梦青桐都斫尽，岂堪琴上梦犹还。

春感秋拾——刘献琛诗词

金缕曲·考入兰大，寄山大昔日同窗

1978年10月20日

梦里长相遇。展鸿书，廻肠荡气，激情如注。回首流年风花逝，十载蛮烟瘴雨。却惊喜、艶阳春露。欲学雄鹰冲碧宇，各西东、奋翅腾空翥。凭陇右，看齐鲁。

黄河九曲东流去。立高楼，关山迢递，且为寄语。东岳峯高风云阔，何日登临题赋？激壮志，步随征鼓。万卷诗书千秋史，仰英风，中夜闻鸡舞。歌慷慨，唱金缕。

临江仙·闻思先师笺注唐诗

1979年4月18日

山水烟花雪月，谁将片石支机？长笺挥洒注唐诗。赏音高格调，引兴壮思飞。

斗艳争辉香蕊，凝霞簇锦芳枝。真香云涌报春时。纷纭蜂蜨闹，各取所需归。

满庭芳·寄山大同学

1979年9月10日

趵突泉边，大明湖畔，秋光可胜春光？观荷孤月，赏菊又重阳。正是蓄芳季节，何须叹，宋玉悲凉。青藜照，文章光焰，胸胆定开张。

难忘。当日事，文期酒会，几度星霜。对学海书山，肯遣情伤？发愤苏洵堪鉴，时未晚，再鼓风樯。且看取，花明柳暗，佳处是潇湘。

山花子·春感秋拾

1980年9月

着意东风拂百芳，岂能飘忽误春光。应是工蜂勤采酿，蜜飘香。

堪笑匆匆双彩蝶，翩翩只识舞华裳。一旦春归花落去，是空忙。

临江仙·赠兰大同窗

1982年3月

相识皋兰山下，少年学子风流。平章青史说沈浮。饭蔬同铁釜，志壮共金瓯。

掌上古今中外，胸中亚美非欧。纵横椽笔写鸿猷。昆仑看立马，东海望飞舟。

水调歌头 · 兰大读史志感

1982 年 4 月 30 日

齐鲁风儒雅，秦陇气雄浑。兴亡分合治乱，书典尽经纶。寸草春晖深意，璧月清辉幽思，儿女更天真。国势关家运，邦本系民魂。

披黄卷，览青史，对红尘。史迁货殖至论，来往总因循。曾吊秦皇汉帝，也访阿房长乐，荒迹漫烟云。日月千秋照：忧道不忧贫。

金缕曲 · 毕业前夕寄思先师

1982 年 6 月 27 日

夫子弦歌久。四年来，书山探宝，依然空手。望断高楼天涯路，不似衣宽腰瘦。更不解蓦然回首。千叠奇峰来眼底，竟难分、云嶂和岩岫。形与影，未参透。

铿金戛玉珠盘奏。记鞦韆、少年奇思，胸襟锦绣。投老村居能停笔？分似诚斋诗叟。发余热，栽桃插柳。归日且翻诗笔橐，把芜词、料理成残帚。风吹我，重抖擞！

水调歌头 · 兰大毕业赠别

1982 年 6 月 29 日

负笈皋兰下，啸傲陇山头。重楼星斗光射，俯仰自优游。大漠风烟奇气，关塞云霞异彩，壮色不胜收。黄卷轻舒展，青史看沈浮。

河曳带，峰耸髻，五泉幽。飞天漫舞，丝路花雨满甘州。纵览九州寰宇，指点千秋胜迹，潇洒竞风流。何日歌长赋，西北惹回眸。

西江月·寄王蕴良老师

1992 年 1 月 25 日

红杏尙书才调，微云学士词章。耕云播雨傲冰霜，郁郁松筠气象。
不咏晓风残月，爱吟春草池塘。黄花时节立重阳，把酒持骚高唱!

金缕曲·读左旭东学兄自传《岁月痕深》，感赋

2012 年 7 月 24 日

往事从头说。怅回眸、星移斗转，云华明灭。左传遗风春秋笔，字挟风霜冰雪。凝固了、苌弘碧血。阅尽红尘炎凉态，恨几多、鬼蜮欺英烈。清气在，自奇崛。

崎岖坎坷关山越。数不尽、雷霆雨雹，阴晴圆缺。过眼云烟皆幻影，留得光风霁月。立蜀道、剑门横绝。绛帐书城凭笑傲，育满园桃李妆春色。荣与辱，鉴风节!

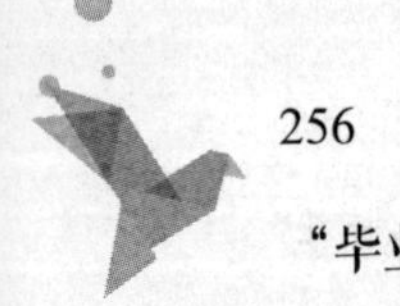

"寒窗夜夜忆君否"——李世峰诗词

少年游

骊歌乍唱，休揩泪眼，携手短长亭。倾杯一醉，仰天大笑，我辈各行行。

映雪囊萤多少载，宝剑已盈盈。且看潮头风正起，健翮举，棹帆轻。

踏莎行

有雨滴街，无风扶柳，双双海燕穿帘走。呢喃句句语殷殷，阳关万道挥衣袖。

放眼高歌，开怀醉酒，鱼龙跃海凭身手。从今莫道有窗寒，寒窗夜夜忆君否？

菩萨蛮·三十三年同学聚会

挠挠四载昏和晓，青山踏遍谁曾老。晏晏举金樽，来寻梦里人。

人间歌哭事，休向心头计。不醉不还家，良园处处花。

定风波

把酒高歌即是春，相逢应念眼前人。往事烟飞休弹泪，无味。酡颜黄发亦销魂。

漫向花前留晚照，一笑。管它处处滚红尘。江上清风山间月，饕餮。烟霞差可养精神。

“来时欢喜去时悲”——薛景的诗

大学毕业送耳东君

不过人间增四载，来时欢喜去时悲。
青山云雨长亭外，久别重逢未可知。

毕业将至未至

正是江南梅雨季，粉团零落白莲开。
青钱水面红鱼出，紫陌林头绿影来。
怕见新人多感旧，故寻往事讵成灰。
纵然居大谈何易，此去魔都不必追。

“明月冰壶澈胆肝”——关梅卿的诗

中山大学诗校结业三首

一

诗心独抱属荒寒，明月冰壶澈胆肝。
信有同袍三二子，天涯共感海波澜。

二

今生落寞他生待，有幸三生一曲真。
清泪如铅何所冀，留名还是读书人。

三

心如大海未能息，恨不修成丁令威。
剩有芸编能慰我，一呼一吸尽珠玑。

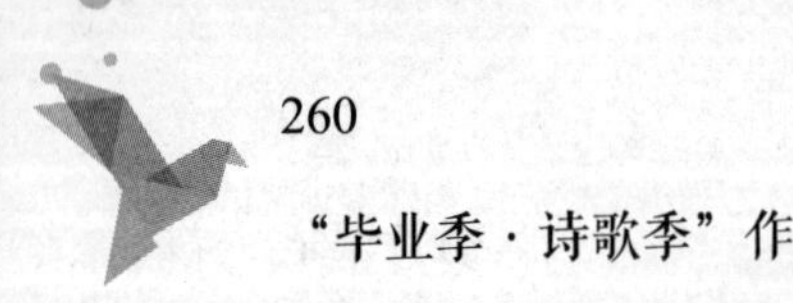

“笃学四载为人师”——辜学超诗词

盲校作义工

握手风前坐复行，澄怀相对梦飞轻。
怜吾心目原多翳，共尔尘寰拭渐明。

寒梅诗社端午诗会拈韵下平九青

行吟何事叹伶仃，艾草飞香写入屏。
一卷离骚多少恨，而今化作满天星。

读古代文章学论文感呈余祖坤老师

百代文心味自醇，辞章超迈性情真。
虬枝不是形枯老，仪象幽微乃气神。

闻陈荣权老师骨折遥有此寄

江城雾重费登临，骨折牵怀秋色侵。
千万恩师惜身体，一闻消息一揪心。

实习晚归口占

木叶空翻日子飞，无穷宇宙梦相随。
生涯多少深深意，只共商风淡淡吹。

批阅学生作文

凑句拼篇为得分，文章阅罢总劳神。
可怜满纸煽情语，真个伤心有几人！

与故人临屏夜谈，感平生事有寄

月华半透暗云横，绮梦天涯到五更。
又是一年开学季，君居粤海我江城。

张行见赴美读研，已有月余，今晨晓起，微有秋意，想大洋彼岸，亦如是乎？乃悄然有怀，诗以寄之

远涉重洋见亦难，飘零无物抵平安。
江城微有知秋意，可是美洲同样寒？

晚过母校口占

一

行藏今作一身微，九陌风尘事半违。
灯火楼台浑似旧，隔年残梦背斜晖。

二

青春五色不曾裁，渐合营营俗眼开。
赤子当年堪笑我，深潜悲喜入浮埃。

三

冷落星河忆劫尘，无端又负一年春。
当时谁共潇潇夜，留得蟾华似故人。

廿二生日感怀

秋风秋雨湿秋帷，廿二光阴度若飞。
梦里栖迟身一叶，望中寥廓树千晖。
吟余堪笑诗肩瘦，归晚偏惊橘子肥。
但使远游酬素志，何须长恨露沾衣。

华师寒梅诗社《寒梅》创刊号付梓感怀

披阅增删气自横，文心诗胆寄平生。
云中日月方衔梦，韵里春秋未尽程。
黄鹤浮烟追逝水，寒梅傲雪看新晴。
还珍敝帚留鸿爪，一卷风骚岂钓名。

唐多令 · 青协忆旧

未信渺微尘，此心是感恩。记当时、热血青春。肯向云天留片影？鸽过也，了无痕。

岁月铸形神，人间情尚温。渐捧来、希望迎门。收拾满囊风雨梦，还珍重，爱之魂。

虞美人 · 图书馆晚归

玻璃幕外天如水，翰墨和香垒。痴心尚自叩文心，过尽湖山烟雨到而今。
笔尖勾勒玲珑月，仿佛盈盈雪。携来秋露晚归迟，犹得青春余韵梦中知。

鹧鸪天 · 从教感怀

学苑春来诵读新，空翻台历许殷勤。粉尘似雪沾青发，岁月生烟浸墨痕。
耽宿疾，仰微薪，偶因乖巧慰劳神。此身何得消长夜，个个明眸入梦魂。

“个里风情多别样”——武建东的诗

同学今春相聚感怀

同窗二十九年前，相聚今春共粲然。
个里风情多别样，其中故事有奇缘。
可望来日不穷谊，更待此时还复年。
杯酒何妨相对饮，感新怀旧倍留连。

同学三十载聚会感吟三首

其一

三十年来今又逢，其间情谊嵌心中。
衔杯共醉半窗月，握手同怀一寸衷。
且欲争歌声各异，奈何伴舞影相同。
此生虽有鸿鹄志，只惜岁华如转蓬。

其二

七八个人相聚欢，莫言窗外已冬寒。
数杯淡酒谁先尽？满腹深情从未阑。
三十光阴成过去，无穷世事正艰难。
几曾怀旧使人惜，白发无由心却宽。

其三

且喜当时摆酒场，座中多半鬓浮霜。
一时相见人别样，各自有成心倍常。
半世光阴若流水，卅年契谊在西凉。
明朝故事打头始，昔日同窗焉可忘。

长女昭融归浙返校有寄

不藏心事乐悠哉，总是玲珑笑口开。
江浙冬时常见雨，河西春季未闻雷。
千秋西子青春梦，万古祁连玉雪堆。
父女情深今又别，还望暑假早归来。

小女晶晶高考中榜感赋

万般颜色竞芳菲，怒放自然春不违。
此去当须行大道，生来本就夺玄机。
迄今犹记寒窗苦，明日再争天地辉。
耳畔忽闻好消息，不由喜得泪花飞。

小女晶晶返校感赠

生得天姿不让人，如花绽放一枝春。
回头自觉风光好，注目犹惊面貌新。
绝叹此时何壮志，有望来日可荣亲。
无妨别后以诗赠，意欲熟知多问津。

贺贤侄李栋高考中榜

子承父业武功高，骑马蹲裆胆气豪。
举手高悬武当剑，回身力劈少林刀。
几多壮志折兰桂，一任风光着锦袍。
文武双全实难得，唯君独领两风骚。

小儿童童求学有寄

顽劣小儿犹未冠，已然西笑向长安。
有求学业思隆就，无惧前行问路难。
一度只教母忧切，每当偏惹父心酸。
岁华渐长忽然觉，从此放眸高处看。

送别小女晶晶与小儿童童返校感吟

一双儿女本殊名，送别各归千里程。
牵扯寸心谁懂得，萦怀远梦父担惊。
只缘求学须勤奋，有望成功任盛明。
自是平安终所愿，情知岂可负今生。

有寄融融、晶晶与童童各自求学

难分彼此感怀深，思出泪花常湿襟。
为有前途先后别，只缘清梦共同寻。
可能为处多奇事，渐长成时任好音。
怎奈三人各千里，相望无所不牵心。

写在高考日

一年一度之高考，家长超过考生恼。
夜夜梦中何以安，天天镜里那堪老。
只恐考完分数低，更忧录后不看好。
若由命运去安排，岂可平心慰怀抱。

“检点青春记忆长”——林看云诗词

鹧鸪天 · 家有新新小学生

家有新新小学生，书包背起踏征程。童音朗朗心田漾，稚字歪歪笔下耕。游戏远，睡眠轻，晨钟惊梦夜添灯。寒窗苦读从今始，举步蹒跚待凤鸣。

菩萨蛮 · 六一节乱写一首送给我家姜小瘦

恍然已是缤纷夏，快涂六一儿童画。天上彩虹桥，看谁魔法高。花儿开满地，小鸟排成队。动物乐园歌，今天快乐多。

望远行 · 记鹰飞甥女大学毕业入疆

一朵婷婷入陇西，关山云起日含悲。孤身塞上问归期，应知桑梓有亲思。江南柳，北疆辞，也传消息慰芳菲。青春奇志不曾移，春风春雨满边陲。

高中同学聚会有感二首

其一　寄高中同学

久别寒窗记忆新，时光如水梦生尘。
而今地北天南客，不负情怀不负春。

其二　毕业照感怀

检点青春记忆长，翻开相册在中央。
原来羞涩一痕笑，化作沧桑两鬓霜。
朗朗书声犹在耳，谆谆师训最牵肠。
于今儿女当年似，且待乘风万里翔。

踏莎行·税校游园忆事

薄雾生愁，娇花如网，闲游故地心头痒。楼高依旧往来人，当年多少豪情唱。

遥忆青春，共擎税桨，击开廿载风和浪。而今两鬓已斑斑，潮头傲立行犹壮。

社院学习有感

暂别嚣尘累，欣从学子游。
往来堪悟道，今古待舒眸。

一院和风起，四围高树稠。
鸟声正清越，啼破几重楼。

浣溪沙 · 社院结业雅集有感

风雨潇潇到耳边，茂林修竹引清泉。时闻鸦鹊唱云天。
每有高贤抒妙论，还同佳友结新缘。春随流水到樽前。

江月晃重山 · 教师节有寄

春雨滋繁梦想，清风扫净尘埃。秋来硕果俱登台。凭心血，育美玉良材。
待把风帆鼓满，为将羽翼张开。谢师引路益无涯。逢佳日，祝快乐盈怀。

“尚记当时春正好”——王文钊诗词

考试后有感

2011 年 4 月

作于初二年级，后来有所修改

绵绵细雨声声诉，倦倦残红寂寂听。烛影摇明多少夜，墨香散落几颗星。
春风不改当年梦，晓月难为此地情。踏破书山无尽处，谁言辛苦是曾经。

毕业留念

2015 年 6 月 20 日作于高考后

春疑歇水岸，夏已满园间。旧叶擎仍展，新荷怯未圆。
蝶燃花竞火，雨宿我同眠。何日西风起，别时枫叶丹。
金风铺大道，玉树舞高轩。碧海波涛涌，青林乳燕翩。
东篱栽我友，北岸对君山。虽欲乘龙去，竟难跨凤前。
素梅飘一字，晴雪胜千言。潮汐高还落，云霞散复旋。
流光忽匿迹，远雁莫盘桓。已感情终褪，方知梦易迁。
别离不是泪，遇见却因缘。柳絮随风起，沙鸥逐浪翻。
生涯多寂寞，美梦却缠绵。万里群山阻，飞扬志更坚。

毕业留念

2015 年 6 月 20 日作于高考后

三三两两行人过，抹抹涂涂走笔难。江畔行吟寻楚些，楼头饮曲觅飞仙。
石前醉墨桃花落，月下狂歌柳叶旋。煑酒沉思哀故友，泛舟低语叹枯莲。
芳华蕴蓄萌新愿，妙语横出续旧篇。小径香幽诗缱绻，平湖浪细画流连。
霜房净扫书声朗，雪径悄拥墨色绵。镜里扶花惊素面，台前抛袖醉长川。
相思一起飞云阙，秋梦独来照月笺。剪烛西窗曾话雨，征蓬北阁莫声喧。
初来懵懂非心领，此去方知未意传。风景依然七月后，姑娘不是六年前。

鹊桥仙 · 七夕赠六载同窗

2015 年 8 月

重山流翠，纤云浣彩，倚月遣词斟句。清歌夜半唱韶华，不经意、悄悄溜去。

“六年太短，四年太久”，桥畔别时低语。今夕一诺岂踌躇？在两地、情深不惧！

江城梅花引 · 七夕赠六载同窗

2015 年 8 月

盈盈翦水是卿眸。望云收，在清秋。秋染亭园，微雨步悠悠。枫叶燃时曾落墨，藏旧卷，笔纤纤，我仍留。

水漾清辉灯似昼，花遮舟，月如勾。漫语轻诉，又含羞，笑惹风流。梦与君同，执手上层楼。再唤长风接碧落，今夜月，有琴音，共神游。

采桑子·记毕业后参加高中母校开学典礼

2015年9月

昔年此际楼前过，还道寻常，笑语同窗，书满案头运笔忙。
别来方恨六年短，梦也如狂，不胜思量，青草离离向远方。

浪淘沙·教师节小感

2016年9月

庭外树清幽，半掩朱楼。迎来送往几回眸？窗畔案前曾写下，是处别留。
提笔意绸缪，欲谢难酬。春风化雨在心头。熠熠微光长烛照，不尽春秋。

浣溪沙·匆匆那年

2017年5月

笑语谑言似昔年，偶逢每道有书还，侧眸谁拟落花看。
尚记当时春正好，依如此夜月初圆。几回写写又删删。

北航沙河校区告别与纪念系列

满庭芳 · 告别沙航序曲

2017 年 6 月

碧草飞光，疏花照影，小湖嘉木葱葱。暮云行远，清夜有鸣虫。楼外兰园野阔，弥望处、山月朦胧。清音起，离觞莫诉，应道古今同。匆匆。谁付与？韶华暗转，逝水惊鸿。记年少相携，誓语星空。此去征程万里，风举翼、且试苍穹。重回首，参商刹那，自会有相逢。

西江月 · 中秋夜校园南湖即景

2015 年 9 月

秋夜倚窗北望，闻言月色苍茫。携笛兴起上长廊，云影偏遮惆怅。
水映明灯游荡，朦胧初露微光。轻风暗语莫声张，只恐惊了鸳鸯。

南乡子 · 南湖雪霁

2015 年 11 月 6 日

何事太多情？初雪晨兴落北平。梦外茫茫听岁月，温晴，玉砌银妆满画屏。
草木不凄清，色暖深秋独傲枫。一步之遥停水畔，声声，天地玲珑有共鸣

少年游·记大班春游访香山

2016 年 4 月

莺歌三月恰堪游，烟柳绕芳洲。寻春快意，香山丽景，何处不风流。
湖边欲枕花眠去，归路晚霞收。倾倒杯盘，狂歌大笑，兴夜至无休。

喝火令·春天的校风

2016 年 4 月

注：因沙河位于北京北部，常年风大，被戏称为一大校园特色

碧落云烟逝，幽芳雨意含。镜湖花影正怡然。谁料劲风惊起，皱起满池涟。卷倒车连片，吹来绿满山。半墙砖瓦上青天。晓也晴岚，晓也似成仙。晓也踏香归去，再看小桃园。

菩萨蛮·南湖吹箫

2016 年 4 月

西风自渡飞花去，南湖暮雨堪相续。柳影画重烟，轻遮无数山。
云边箫曲过，小驻听开落。静待梦觉迟，归来应有时。

临江仙 · 桃园吹笛

2016 年 5 月

烛照疏窗花未睡，小楼一夜闻箫。行云逝水各迢迢。春从前夜尽，事往酒中销。

无意相逢春落魄，萍身惯作飘摇。故多风雨起江潮。纵然红到死，他日更妖娆。

浪淘沙 · 兰园看云

2016 年 5 月

微雨送埃尘，再唤飞云。舒来卷去尽天真。小憩遥山连碧色，自可倾心。

裙角映花痕，不问寒温。薰风浅夏半黄昏。夕照多情知我意，霓到缤纷。

少年游 · 迎北航大一新生

2016 年 9 月

金风飒起复秋凉，行处自留芳。南湖嘉树，兰园碧野，水色鉴山光。

少年相会风云际，岂畏路修长。歌与韶华，书生意气，携手笑穹苍。

2016年『毕业季·诗歌季』优秀作品

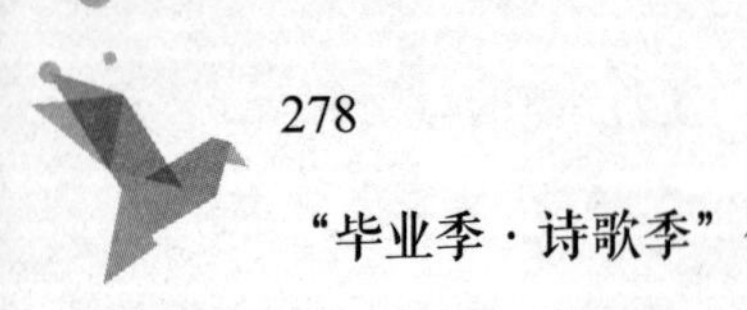

2016 年“毕业季 · 诗歌季”优秀作品
引言

中华诗词是中华民族表达情感最优雅的方式。在全新互联网时代，中华诗词研究院联合网络媒体，隆重推出中华诗词网络平台活动之“毕业季·诗歌季”诗词文化活动。我们致力于为所有诗词爱好者在互联网上打造一个互动平台，供大家以诗为媒，交流情感，陶冶情操，分享艺术，感悟生活。

活动自 2016 年 5 月开展以来，得到了不少诗词爱好者的热烈回应。截至 9 月 10 日活动结束日，共征集到原创传统诗词曲二百四十余首，原创新诗一百三十余首，原创新毕业歌数首。本着公平、公正的原则，我院邀请了包括著名诗人、诗歌翻译家屠岸先生，中央文史研究馆馆员、北京师范大学教授赵仁珪先生在内的 7 人组成专家组，按照匿名打分的原则，对应征作品进行严格评定。最后评出优秀诗词作品 20 首，优秀新诗作品 20 首，组织奖 2 名，新毕业歌创作奖 2 首。不少作品虽然质量不错，但由于不是毕业题材，没有列入评选范围；也有的作者有多首作品打分较高，我们只选择其中分数最高的一首作为优秀作品。

本次活动，我们重在倡导让诗词这种我们中华民族的优秀文化样式，更多地进入我们的日常生活，让诗性藻雪人性，让诗魂凝聚国魂，以助力于我们优秀传统文化的传承、弘扬和我们中华民族的伟大复兴。

我们刊列出本次活动的优秀诗词作品，供大家交流、评鉴。

中华诗词研究院

2016 年 11 月

（注：这是 2016 年 12 月中国书籍出版社出版的《诗国》新十四卷辑录该届获奖作品的前言）

诗词

临江仙 · 贺毕业十五周年再聚会

柳琰

忆昔金陵年少时，窗前桃李春风。天高鸿鹄各西东，潺湲玄武水，相约紫金峰。

把盏言欢折柳地，秋来雁阵当空。今朝扬子跨飞虹，巍峨看不住，枫火映苍穹。

五言排律 · 毕业留念

王文钊

春疑歇水岸，夏已满园间。
旧叶擎仍展，新荷怯未圆。
蝶燃花竞火，雨宿我同眠。
何日西风起，当时枫叶丹。
金风铺大道，玉树舞高轩。
碧海波涛涌，青林乳燕翩。
东篱栽我友，北岸对君山。
虽欲乘龙去，竟难跨凤前。
素梅飘一字，晴雪胜千言。
潮汐高还落，云霞散复旋。
流光忽匿迹，远雁莫盘桓。

已感情终褪，方知梦易迁。
别离不是泪，遇见却因缘。
柳絮随风起，沙鸥逐浪翻。
生涯多寂寞，美梦却缠绵。
万里群山阻，飞扬志更坚。

我们毕业的夏天

薛景

映阶芳草神来笔，描得天涯眉目青。
曲岸无眠还寂静，圆荷有约正娉婷。
从前夜色凉如水，此后霓虹远似星。
醉里留云云且住，清风明月一叮咛。

大学毕业三年同学小聚有怀

侯兴黉（君岚）

梗断飘流随业身，三年别梦记犹新。
寒星料得光如昼，虚阁何堪座有尘。
曾子商歌倾一曲，杜陵尊酒斗千巡。
应怜吾是离乡客，岂向关山复问津。

毕业十八首之校道夜行

彭彪（渔火沉钟）

江城五月负花期，四载晨昏一梦移。
人过林荫当缓步，此园留我不多时。

遥见毕业生言别

程皎

西城遥看送行车，自笑关情鬓已华。
二十余年灰尚热，三千里路梦犹赊。
春灯数尽窗前句，酒病逢多别后花。
始恨骊歌听未彻，等闲回首是天涯。

丙申仲夏毕业别京前夕北科重见初恋

胡江波

小园枯木已含姿，玉貌犹如初见时。
身至归期终有悔，心关来日只余痴。
独行风雨他年惯，相忘江湖此夕知。
去国情兼别卿泪，几多怀抱欲言迟。

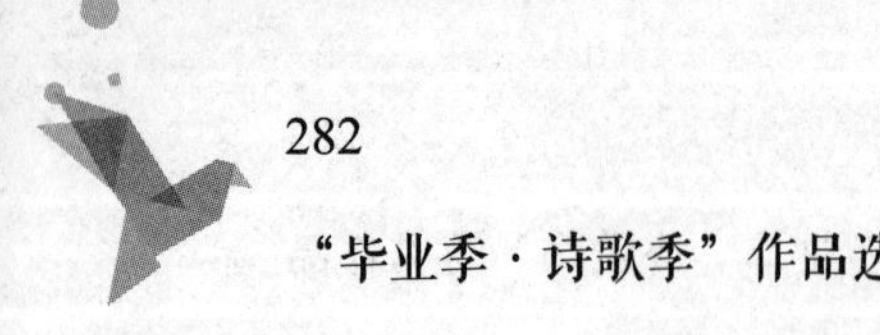

南乡子·毕业题赠

魏锡文（白鹤）

岁月太匆匆，又看榴花似火红。燕子不知春事晚，从容。只道年年许再逢。

跋涉万千重，着意归来趁好风。故国青山若问讯：英雄。可在平凡事业中？

清平乐·翻毕业纪念册

余欢

红笺翻彻，心有千千结。往事回看多少页，栀子花开如雪。

天南海北飘零，相逢只在曾经。点检书中余味，都言不负深情。

雨中别仙林赠王兄铎

任松林

仙林一望黯然收，风雨连天各自愁。

我欲图南伤羽翼，君行携剑对江流。

萧萧易水沉微语，杳杳钟山作远游。

他日相逢诗酒里，寒暄莫是稻粱谋。

注：王兄国防生也，而今毕业于南大仙林校区。

大学同窗二十年聚会感作

金也度

廿年一梦说蹉跎，点滴关情入老歌。
别后天涯音讯渺，见时咫尺泪痕多。
芳醇陈釀激昂醉，凡俗吾曹平淡过。
浪止湾头直堪泊，人生何必足风波。

虞美人 · 高中毕业二十年再相聚

周爱霞

廿年一次同窗聚，悉数儿时趣。沙包踢毽空中飞，玩到月圆时刻往家归。
讲台课桌仍依旧，只是门窗漏。捧书佯坐展歌喉，却又无端撩起，旧春愁。

满庭芳 · 丙申六月四日送毕有感作

许冬阳

唤酒西楼，系舟南浦，倩君暂驻留欢。长亭极目，烟雨满群山。忍听琵琶细语，将愁绪、唱作《阳关》。吟哦处、世间离恨，一霎到腮边。

疏林风渐老，旧时桥畔，春色年年。独行久、客中羁旅流连。纵得新梅入酿，无人共、再醉琼筵。斜阳远、断鸿声外，灯火已阑珊。

导引 · 毕业歌

寇燕（嬿郅）

同窗数载，学海共晨昏。旦夕苦耕耘。寒来暑往霜烹鬓，最难忘师恩。时光如水无踪影，偷走那青春。今朝揖别天涯去，来日聚黉门。

试飞鹰隼，振翅九霄巡。吾辈志凌云。唏嘘四季轮回近，携梦踏征尘。欢娱背后泪沾巾，将点滴留存。清词一阕觞离恨，素笔写纯真。

临江仙 · 中学毕业二十年有感

芮自能

枕上秋风惊一梦，觉来仿佛前生。愁山恨水各飘零。怜谁丝半白，顾我少年情。

忆昔彩云无限好，相宜青涩窗声。廿年日夜耳边萦。重逢如有意，数泪到盈盈。

七律 · 中大入学卅五周年聚会感怀

吴成岱

中大同窗三十多人今天在广州聚会卅五周年，现场气氛热烈感人，回首人生颇多感慨，赋诗一首以为留念。

学友之情卅五年，如今况味正新鲜。
思谋早出象牙塔，记忆犹存伊甸园。
足下攀登途各异，心头憧憬梦难圆。
人生不过若干岁，进退随缘天地宽。

忆秦娥 · 毕业前夕话别

宋常之

凝泪别，长街默对中霄月。中霄月，流晖脉脉，几回圆缺？
烟尘袅袅红炉咽，华灯照影情牵结。情牵结，寒窗留梦，夜临如铁。

虞美人 · 赠别春英大四毕业党

车彦佳

古来多少离人意，唱遍阳关矣。当时拚却醉卿怀，谁管明朝又是两天涯。
垂杨一系横舟在，只恨时难再。江湖梦远剩浮槎，水阔山遥何以到君家。

忆别诸同窗

佚名

执手书庭语渐痴，轻鸾去路海云迤。
共斟一盏秋晨月，且向巾车订后期。

结客少年行

沙逢源（燕子岭）

乙未十一月己丑，临当毕业，心绪泛然，若有所失。然尝读李长吉"少年心事当拿云，雄鸡一唱天下白"，又赞高常侍"莫愁前路无知己，天下谁人不识君"，叹其达人达观，意气干云。想吾辈少年，年未而立，虽当别离之时，亦不应效小儿女沾巾。天地四方，各奔前程，唯愿诸君得其所在，位尽其才。歌诗一曲，权作别念。

忆昔幽并侠少年，金鞍玉络控连钱。
又有长安市井儿，斗鸡走狗狭邪间。
须臾皆入评话谈，豪气顿作烟云散。
常思进学初见日，欻然三年竟阑珊。
抵掌共忆青春事，月移花影小窗前。
也曾攀古城，也曾吊中山；
也曾日暮黄昏眷野田，也曾春日清风游玉渊。
归来各入室，案上纷纷堆文献；
或奔至沙河，诸事忙忙待实验。
一朝项目结，皱眉渐舒展。
三年论文成，悬心亦且安。
风云际会皆有散，星星灯火枯又燃。
折不尽灞桥岸柳，唱不完三叠阳关。
长亭具筵宴，今日且尽欢。
若有他年幸，终能再相见。
把酒控弦歌别绪，
咳，悁悁！
隙中白驹兴人叹，

离离清泪终不洒别宴前。

毕业前与诸诗友游南山

陈修歌

南山凛冽似严冬，拜爵老松千载封。
啖雪饮冰藏玉魄，参天拔地跃虬龙。
他年后辈谁相问，此际英雄我独逢。
脚下风光收眼底，人生处处尽从容。

新诗

合欢

张醒（物哀）

我住的阳台下有几株合欢树
我喜欢站在窗台，吸一口烟
看一眼树上的花；烟香尽
扶着窗沿的手，将窗轻轻拉上

每年六月都会下特别大的雨
雨季，最适合别离
目送他们匆匆的离去
如合欢被雨打风吹去

我要送你一本植物学的书
告诉你一朵花开的时令
告诉你，最后那朵合欢花

死咬住枝桠不放
忍受着风雨阳光
违反自然规律内心的挣扎

再见，长安

曲妍（清妍）

长安的秋天，梧桐枝上的玲珑点点
长安的冬天，修远明远的玉砌寒寒
长安的春天，路旁林间的飞花片片
长安的夏天，澄澈夜空的明星斑斑
长安，是西安，更是长大

转眼四年
一切又那么让人留恋

长安渭水，风景旧曾谙
渭水长安，人不似从前
明远长廊中，我们的青春在诗意中流漫
修远大路上，我们的青春在思索中向前
大礼堂舞台，我们的青春在梦想中绽放

逸夫图书馆，我们的青春在书香中沉淀

犹记得梦想就像蓝天
如今可记得曾经的心愿
犹记得四年的点点滴滴
如今可记得美好的誓言

长安渭水，曲终难不散
渭水长安，情依旧不变

说一声再见，从此各奔东南
道一声珍重，常盼尺素华笺
一份缘，让我们相遇渭水
一份缘，让我们相知长安

不知将来还能否相见
但心不怕山高水远
不知前方的道路如何
但记忆与风景同谙

长安渭水，风景旧曾谙
渭水长安，难以说再见

再看一眼，熟悉的道路上可否还有相识的人面
再看一眼，这里的一切可否还能再见
再看一眼，热闹的大活里精彩还在上演

再看一眼，这里的一切都扣动心弦

谢谢你，给我的人生带来法复制的甘甜
谢谢你，给我的青春带来法言说的璀璨
谢谢你，我的大学
谢谢你，长安

再见，最后一个夏天，夜空的繁星依然
再见，明年的春天，飞红繁英依旧绚烂
再见，人生旅途上最美好的客栈
再见，我将带着记忆扬帆向前
再见，我的长安

我怕好时光

王雨倩

记忆里青涩的脸庞
在朦胧的岁月中不断彷徨
韶华老去
谁人遥叹着悲怆
踮起脚
静静听幸福一点一滴在流淌
又回到斑驳的围墙
夕阳留不住老去的时光
眉眼轻笑

彼岸埋葬了过往
低下头
眼泪各顾各的散落天方

那些年教室里的灯光
摇曳着模糊掉彼此的模样
扬帆远航
我们已天各一方
闭上眼
我知道年华消逝在你我的身旁

再好的时光 也会消亡
而那些人
已长长久久的缺席我的过往
我怕好时光
我怕不能遗忘
我怕只剩忧伤。

凤凰花与榕树

张玉子

凤凰花开满了
羊城泛起红色云烟
榕树的须子纠缠
为六月写满留恋

凤凰花笑着
榕树向我点头
凤凰花说
你快走吧
别再不舍

凤凰花散落风中
榕树的须子摇曳
夜穹是熬红的眼
离人未眠

母校再见
岭南四年
朋友再见
在猴年马月告别

再见吧 我魂牵梦萦的凤凰花和榕树
再见吧 我挚爱的康乐园
再见吧 图书馆的灯火通明
再见吧 我曾经似是而非的热血

凤凰花还在开着
榕树的须子低垂
北回归线的六月
已是梦里的热烈

青春

温金卿

我们隔着镜头相望
最终
回忆留下的
也只剩镜框里模糊地你

那天的你
笑的像个傻子
转身却哭得像个小丑

不知道再见面时
你是不是还像初见一般
有着温暖笑颜

杯盏相碰
我听到了分离的声音
我们恍惚着走向各自的路

经年之后
我的青春
不再重逢

六月的雨

秦广

也许六月里早有一场雨
下入了三月桃花纷飞的春季
花谢人未绝
只一条残红铺成的幽道
冷冷的注视着人往如约
如约 如月 如雪
如那棵悲喜的桃树
只痴痴的抖落着花叶
仿佛它年年的重生
就只为言的凋谢 ...

起航

许秋霞（秋水长天）

终于我背起了行囊
告别那些曾经美好的遇见与错过
踏上未知的远方
背上的重量几乎将我压垮
我知道
我所背负的不只是离别的忧伤
还有对未来的彷徨
浸湿的衣衫

早已分辨不出是泪水还是汗水
尽管步履蹒跚
尽管满心惆怅
尽管我是那么眷恋你温暖的臂膀
我依旧要去
你知道的
我必须去
路边的野花开的正旺
一如它当年迎接我时的模样
我怨它不懂我的忧伤
却又羡慕它可以永远在大地的怀抱里忧虑的生长
而我
我知道我
同你便如同流星之于太阳
我注定要走
而你必须坚守
所以保重
所以再见
耳畔
传来你期愿
一声声
汇聚成祝福的力量
照的我脚下的路豁然开朗
我抬起头挺直了脊梁
带着你的期许和我的理想
坚定的迈向前方

不管何时
即使前路漫漫
即使荆棘满途
我都会是你最出色的学生
时光荏苒
岁月更迭
我始终会如今日这般明媚张扬

夜

陈修政（原野）

深夜，回宿舍的路上
卖水果的阿姨正忙着收摊
我从一旁走过，习惯性保持沉默

那棵松树旁边
有一个女生，在用家乡话
小声地说着些什么

刚下了楼梯
拐角的地方有一对情侣
女生大声指责着对方
而那个男生
始终一言不发
宿舍楼下

七八个将近毕业的学长
还没靠近他们
先是浓浓的酒气
他们中，有人大喊着“啊——”
——余音很长
像是厉声控诉着什么
又像是一声叹息

毕业歌

孙佩瑾

收起行装
你便将向远方
这一次
我只能送你至此
前路漫漫 未卜且长
有朔风凛冽亦有花朵清芳
此去经年 莫回头
纵你百般思乡 梦断愁肠
往日时光 请相忘
人本过客 故里茫茫
莫流连 莫流连
来年相忆 云水苍泱
去吧
愿你希望不灭 一路顺畅

小学毕业歌

唐姗姗

今天，我们就要告别，
告别老师，告别母校，
告别六年的时光。

此刻，我们是多么的难舍，
难舍友情，难舍回忆，
难舍亲爱的同窗。

请让我再次漫步校园，
在每一个角落里，
寻觅我们曾经的欢乐与梦想。

朝夕相处的百草堂里，
我们付出汗水，收获成长；
静谧安详的史家书苑中，
我们自由自在地在书海中徜徉；

神奇美妙的天文馆，
激发了多少对神秘太空的向往；
宽敞平坦的操场，
有我们阵阵笑声回荡；

难忘快乐有趣的厨艺课，

我们亲手烹出的那一道道美味浓香；
难忘内容丰富的国博课，
我们相遇凝固了千年的时光；

六年，我们一起度过，
多少岁月在我们心中流淌，
犹记得，困惑时，老师那一句句谆谆教诲，
犹记得，失败时，老师那一个个鼓励目光，
犹记得，摔倒时，同学那一双双援助之手，
犹记得，成功时，同学那一阵阵热烈鼓掌。

六年，我们收获的不仅是知识，
更是尽的欢乐，和前行的力量，
爸爸运动会上父亲矫健的身影，
为我们树立永不言输的榜样；
妈妈读书会中母亲温柔的引领，
带我们深入思索，品味书香。

亲爱的母校，尊敬的老师
我怎能将你遗忘?
是你们给了我翅膀，
让我能如雄鹰在蓝天翱翔。

亲爱的朋友，亲爱的同学，
请不要继续感伤，
今天，我们在这里分别，

明天，我们将是祖国的栋梁！

新毕业歌

李文清

数载寒来暑往，几度月朗星稀。
莘莘学子情依依，难忘同窗伴侣。
遨游五湖四海，放眼南北东西。
青春正未有穷期，看我芬芳桃李。

青春不散场

冉春雷（痞子冉）

带着希望和梦想
怀着激情与渴望
我们相聚在湘水之旁
岳麓山下，千年学府就是那梦中的殿堂

我们来自四面八方
徜徉于知识的海洋
校园里的那条小路、那个操场
都写满了我们奋斗的诗行
四年的沉淀丰满了我们翅膀

转眼就要走向远方
心头笼罩着一层莫名的忧伤
还没来得及把这个地方好好欣赏
和告白暗恋已久的姑娘
如今就要扬帆起航

到火车站挨个送别同窗
望着那熟悉的身影逐渐消失在远方
说好的坚强，却化作眼泪打湿了眼眶
朋友，请你原谅

毕业了，青春不散场
老师的教诲铭记在我们心上
同学的情谊一辈子好好珍藏
不管前路有多长，未来在何方
让我们永葆初心和梦想
满怀激情和力量
朝着远方
尽情翱翔

毕业复仇

张海鑫（荒）

没有告别宴会
甚至没有道一声谢
我们，眼睛干涸

挺着脊背，我们
全情绪

没有，没有写下什么故事
没有留言和照片
我们干脆地，走出去了

当时冷酷的投射，到如今
每一次感到孤独的时候
在林荫道，在空操场
在床铺的黑暗中
刺激神经，忧郁膨胀

这就是
审判，一年前
各奔东西的我们
一场，孤高的处刑
一场，迟来的复仇

（歌词）新毕业歌

郭子栋

背起了行李，惜别了同窗。
我们迎着东升的太阳。
昔日的抱负，祖国的期望。

我们即将展示知识的力量。
曾记得大家在编织着甜梦，
从此留下的是思念和回想。
脉搏恰如涌动的春潮，
瞳景使我们心间敞亮！

再见啦母校，告别啦尊长。
我们将奔向四面八方。
做一颗螺钉，做一盏烛光。
我们胸中流动着热血一腔。
而今是祖国正在召唤我们，
继承先辈们永记奋发图强。
双肩从此担负起重任，
前途一定是灿烂辉煌！

三行诗 · 毕业

车东雷

毕业多年
那时嘴角微扬
以后心角潮湿
——致再回母校

转身
45 度仰头

没说再见
——致毕业的泪

稀里哗啦的醉了
醒来收拾行装
又是叮当乱响的下午
—— 记毕业宿醉

珍惜时光——寄语大学生

卢懿生

小学生，是花朵，天真烂漫，含苞待放。
中学生，是希望，旭日东升，早晨的太阳。
大学生，是栋梁，插上翅膀，飞向四面八方。
栋梁材，是木还是钢，看你怎么奔腾怎么闯。
我也曾，坐在教室里，天天看黑板。
我也曾，背着书包，年复一年，走在校园弯弯的小路上。
下了课，托球、投篮，嘻嘻哈哈，活动在操场。
清晨练长跑，只有在马路，与汽车把道抢。
好在是，当年车不多，不怕尘土扬。
毕业后，留学校，拿起教鞭，再进课堂。
世事多变，地覆天翻。转眼间，烟消云散。
只落得，白发苍苍，两鬓成霜。
看今朝，与时俱进，学校大变样。
不再端着碗，站着吃食堂。

当年小平房，夜睡木板床。
而今高楼大厦，窗明椅亮；
大操场，铺青草，老中国，赛过西洋。
人类几千年，积累知识限广。
学海涯，通天河，浪急面宽，
长学问，门路限，学校是最珍贵的桥梁。
老师多，设备全，领导坚强。
求学问，练身体，修养思想。
特长诚可贵，综合素质更闪光。
有个学生，考试比赛，得了金奖。
人人夸，众口赞，成了尖子之王。
一日住宾馆，为了擦皮鞋，
竟然扯下了，雪白的床单。
如此才华横溢，叫人能不心酸。
人生道路漫长，学校时光短暂。
有志男儿，心里明亮，
两只眼，紧紧盯着，遥远的前方。
虚心好学，天天向上，如猛虎，添翅膀，
有朝一日，化茧为蝶，广阔天空，自在翱翔。
如果缺乏远志，只顾眼前舒坦。
整日里，东张西望，哪里惬意哪里钻。
社会似大海，学校小汪洋。
真本领，好素质，走到哪里哪里亮。
浪费青春，虚度年华，大浪淘沙，
好似西风扫落叶，还不知，飘向何方。
花朵芬芳，太阳明亮。

神州大地，千万双眼睛，
日日盼着，好铁出好钢。
知识一点一点增进，
英才一步一步成长。
金与沙，同在大浪里翻滚，
鲤鱼跳龙门，在于长年累月，
一分一秒的时光。
珍惜校园，珍惜青春，珍惜时光！
前路茫茫，还是前途量，
只在闪念之间，要看你，
对待身边事物怎么办，
对待人生远景怎么想。
花儿谢了还再开，
韶华逝去永不返。
把握现在，切莫彷徨。
前进要果断，迈步要坚强。
衷心祝愿，
万民称羡的大学生，
继往开来的大学生，
个个都成为建设祖国的栋梁！

我与一班孩子

莫红妹

我与一班孩子

大的，小的
走在乡间的小路上
山坡上 他们是我的教练
当老鹰来的时候
我的臂弯又是最好的战壕

我与一班孩子
呀呀哇呀
一路歌儿一路唱
惊翻了阴天

那一刻，我明白

张家媛

当高考成绩出来，我查到分数的那一刻
我明白
原来毕业是因为一场考试的结束
或许以后再也不会有这么重要的考试
要让我寒窗十二年来备战

当我看到你填的学校的那一刻
我明白
原来毕业意味着分离
意味着可能以后再也见不到你
曾经的讨厌，喜欢

在这一刻都化为不舍
浓浓的浸润在我的心头

如果时光可以倒流
倒流回我认识你的第一天
我会给你一个轻轻的微笑
然后就此别过
永不相识
如果时光可以倒流
我一定会在走廊上慢慢走过
再次与窗外的那颗大树对望
它一定知道我

此刻，微风吹拂我的长发
我明白
一切已经回不去了
一切都已经过去了
我，真的已经毕业了

来自体校的抒情之赛场情侣

朱海湛

阳光里的身影
交谈在语言之外的心灵
道路于他们前方

张开又迅速合拢
站成一道甜蜜的风景
纤纤素手抚摸
贴着健康取暖
握紧温柔
斗志愈加刚强
带上暂别的叮咛
走向竞技场
掌声响起 或者泪水落地
都有相随的爱情

辞别

逝水汤汤
红泪浊浊
时光尽头，迎来一位须发苍苍的博士，引领我
他读着青年时我写在石碑的诗篇
他收起生命中我挂在脖颈的十字
他说，我离你很远
远到铁蹄断路
远到锈钟失鸣
日暮里是你翩飞的告别与英雄的剖腹自刎。

最后一班列车迷失在午夜
最后一抹红泪晕散了誓言，回家的道途很远

远到关山迢递，鞭裂
远到碧落黄泉，牙没
为何我还在深落千尺的回忆里摸寻你的眼眸、你的十指相扣与你的永恒的转身
楚梦云雨，爱情终极要散场
指天誓日，青春终究要告别
亲爱的，在这个动乱的年代
除了祝福，我别言语

也愿你把我的那些时岁为你牺牲、为你破城的赤胆埋在天荒地老里
也愿你把我的那座天堂为你颂扬、为你图志的诗篇撒进汪洋大海里
他带走了你的韶华，我取走了你的收成
只有悲伤的妈祖站在被血缘贯通的海岸
望着一所有的东方
亲爱的，在这个美丽的年代
除了伤痛，我别幸福

今生，我已决与你辞别
永恒。

后　　记

诗词流进我们的生活

——从“毕业季·诗歌季”活动看当下的诗词创作

与上世纪八九十年代基于对西方文化释读的诗歌热不同，当下的诗词热更源于对中华传统文化的重识，因此在这场诗词热中，创作者们更注重从诗词出发、从文化出发去发现日常生活的趣味、意义……

“毕业季·诗歌季”是中华诗词研究院自2016年开始推出的一档网络诗词文化活动。活动结合线上线下，通过征集诗歌作品、刊登并多种媒体转载“毕业季·诗歌季”微信、网络专辑以及线下雅集等多种形式，营建了一个以诗为媒，供大家交流青春情感、陶冶情操、分享艺术、感悟生活的诗词文化平台。

在2017年第二届活动中，我院网站共征得“毕业季·诗歌季”诗词、诗歌作品四千余首，符合校园生活题材的二千余首，作者涵盖各行各业，年龄跨度也非常大。用当下比较流行的公共用语说，这是一场观念框框少、比较原生态的诗词、诗歌活动，也正因为如此，它真实地反映了当下诗歌尤其是诗词创作的一些情况。总结起来，有几点颇耐人寻味。

低龄诗词作者大量涌现，以九〇后为主的新一代诗人群体形成

新时期以来，在人们的印象里，诗词好像是一种中年以上人群的艺术，生于上世纪40年代到60年代的好多诗词作者是在有了一定阅历和其他体裁的创作经验后，才转而回归传统，开始诗词创作的。但随着近年传统文化的升温，很多年轻人直接从创作零基础介入诗词写作，而且年龄呈现出越来越低的趋势，其中很多作品显示出相当成熟的传统文化基底和古文功力。这两届“毕业季·诗歌季”诗词应征作者最小的只有8岁，虽然其作品由于出律较多，未被采用，但其优雅娴熟的古文修养已初露端倪。另一些优秀诗词作品的创作者只有十岁出头，比如这首《考试后有感》，作者王文钊写作时仅仅是一位初中二年级的学生：

绵绵细雨声声诉，倦倦残红寂寂听。烛影摇明多少夜，墨香散落几颗星。春风不改当年梦，明月难为此地情。踏破书山无尽处，谁写辛苦是曾经。

显然，这首诗已经可以算是对仗工整，章法有致了。而这一批少年创作群体，与上一代人最大的不同，就是他们的诗词教育是直接从古文开始的，不像上一代人，教育基础是应试，古文要从现代汉语的翻译入手，在对古典文学的理解上，要通过一条现代汉语与古代汉语互译互解的桥梁。这些少年作者，很多都经历过古文的直接开蒙，他们直接去体察古典语言的魅力，因此非常自觉地秉承汉语的诸多传统，非常有趣的是，这些低龄诗词创作者中，很大一部分人自觉遵守传统的平水韵，对于他们来说，传统用韵是一种自然，似乎生来就该如此。

从这两届“毕业季·诗歌季”的应征作品看，以九〇后为主的诗词创作群已在全国各地逐渐形成，他们比前代人更热衷于传统文化，作品的艺术水平之高，令很多前辈都感到吃惊。

诗词探索创新的主力军集中于六〇、七〇后中青年诗人群体

生于上世纪六七十年代的中青年人群，少年时代是在八九十年代的西方文化热中度过的。那是一个中西方文化强烈撞击、中国人充满对西方哲学探索热情的年代。那时在高校乃至中小学校中，也有一场诗歌热——新诗热。从中文系、美术系、历史系乃至于理科学院、体育学院，到处可见写着诗过日子的学生。西方哲学课，只要教师的口才不是太差，总是听众最多的课目。少年人聚在一起，谈论最多的是尼采、叔本华、克尔凯戈尔、加缪、萨特、波伏娃、海德格尔等一批西方世纪末悲情哲学家，情感生活传奇的叶赛宁、叶芝等诗人是人们心中的偶像，中国人被提到的至多是王国维、鲁迅和林语堂。存在价值的追求是那个时代的主流，一些诗人热衷于在诗中不断追问人生意义、价值；而另一部分诗人则力图通过形式的创新、语言感官极限的突破来实现感受存在感，而书写日常情感的诗作，哪怕是技术成熟、语言秀丽也往往被认为肤浅、甜腻、没有价值。因为执着于生命的意义、强调个体的存在，那个时代总的情调是悲观的，充满着个人英雄色彩。海子可以说是那个诗歌时代的文化标本，他绝望于人生的无意义，悲苦地认为人活过 25 岁都是对资源的浪费，都是可耻的，于是他用 25 岁的生命写了他人生的最后一句诗。

从那个时代过来的中青年诗词作者，多少还都带有悲情和个性主义的色彩，他们不自觉地成为诗词创作队伍中改革创新的中坚力量，并通过诗词形式内容的创新和特立独行，享受英雄般的创造感、存在感。诗词界的这一特点在这两届“毕业季 · 诗歌季”作品中体现得也比较突出，七〇后作者贡献了一批从内容、语言都有别于传统诗词的探索性作品，比如在诗词界已有先锋派之誉的曾峥的一组校园诗词，其中一首诗是这样写的：

念奴娇 · 忆大堤口小学同桌黄芳（一个武汉人的城市记忆）

诸湖蓝水，在星光、萤火之间跳跃。清夏校垣皮影戏，恬梦东城西郭。炉口嘶风，缸心兑月，小小人如削。荡开双桨，拉钩临别曾约。　若是为母为妻，年华静好，相册扬千鹤。遥夜一灯恒为祷，维我旧窗高凿。雪麓昙林，雨衢樱伞，孤印人间烙。梨涡飘绽，蒲英旋熠天角。

可以说，这已经不是传统意义上的词了，这更像是装在念奴娇语言形式中的一段现代独白。单从语言上看，诗人已经放弃了传统诗词语言的常规标准，很多地方就是现代语。在诗人简介中，诗人更直接表明自已的创新态度，他说自已：提出并力倡“现代城市诗词”创作理念，是第一位有意识地反映现代城市生活的旧体诗词作者。其创作颠覆传统叙事，多藉后现代小说及电影手法消解或重构时空模式。被诗人自己强调而珍爱的网名——独孤食肉兽，也显示出了诗人出于 70 年代的一些文化特质：孤独，生猛，富有特别渴望声望的悲情英雄色彩……

诗词创作越来越日常化、娱乐化

与六〇、七〇后诗人中的先锋态度相映衬的，是更多诗人创作的日常化、娱乐化倾向。例如一些老年诗词作者，抱着以诗词颐养天年、增加生活乐趣、甚至逗孙子和老伴开心的心态，积极地参加了这次青春诗词盛会，他们中的大多数人没有成为大诗人大文豪、攀登文学高峰的雄心壮志，诗词对于他们来说，是一种生活的滋养，强身健脑，保持青春的方式。尽管这些作品可能形式不灵活，语言有套路，甚至被批评为“老干体”，但它们情调怡然自得，真诚地表达了对青春生活的珍惜，对子孙后辈的热望，给这次活动增加了几分健朗的色彩。

很多其他年龄段的诗词作者，也是抱着平常心态进入写作的，他们用诗词记录青春校园生活的点滴日常，运动会，考试，初恋，同桌……学生时代的种种生活记忆，都被以诗词的形式呈现出来，甚至是成年后偶尔路过校园，心头那一丝莫名的感动，诗人也会敏感地捕捉到：

蝶恋花·路过校园（作者：赵作胤）

鸿雁栖霞停老树，来往书生，满脸青春舞。小道深林还未去，恍如昨日情声诉。　　云荫秋光枝下路，又忆那时，无意伊人遇 。羞面曾经分别处，清风一卷翻花绪。

这首诗的语言可能还不甚典雅，但却清新地呈现出一种当下诗词创作的倾向：诗意地看待日常，诗意地呈现日常的细枝末节。也许最感动人心的，并不是什么惊天地泣鬼神与平民百姓生活相去甚远的大事件，而更是这些人人都经历、人人心中常有的生活的细节。

随着多档诗词电视节目和多媒体栏目的成功演播，诗词的娱乐性也在当下社会越来越得到体现，诗词创作也有了相应的倾向。比如这一首：

菩萨蛮·六一节乱写一首送给我家姜小瘦（作者：林看云）

恍然已是缤纷夏，快涂六一儿童画。天上彩虹桥，看谁魔法高。　　花儿开满地，小鸟排成队。动物乐园歌，今天快乐多。

这不仅仅是一首词，确切地说，这是一位母亲给儿子的一件儿童节礼物，从标题就可以看出，这不是传统的离愁别恨的所谓“雅言”，它就是让儿子开心的玩具。这届“毕业季·诗歌季”活动中，很多作品都呈现出了这种娱乐性。

回溯中国诗歌的历史，凡是诗歌昌盛的时代，都是诗可以进入日常娱

乐的时代。唐宋是中国诗词的黄金期，而那个时候，文人们宴饮、交游、访亲探友等等的日常起居都离不开诗。读《宋史》有一点让人惊叹，凡能入《宋史》列出传记的人物，无论是文臣武将、王侯妃妓，绿林盗匪……几乎人人都可以写词，诗词已经成了当时人们生活不可或缺的日常品。正是在这样的大环境下，宋词才有了那样高的成就，宋代才涌现了苏轼、辛弃疾、李清照等千古词人。从这点看，当下诗词文化的娱乐化、日常化确有积极的一面，它可能孕育着诗词一个新的昌盛时代的到来。

在这两届活动的征稿中，很多作者，甚至不愿意公开自己的姓名，临时起个网名就把作品投来了，我们网站问及姓名时，诗人表示就是自己乐一下，不想被别人看到，就是这些无名作品中，有很多造诣颇高。还有些诗人，不仅自己快乐，还要带动大家，辽宁诗人史文玲忙碌工作之余，不仅自己参与活动，还为数百人投来作品，甘肃诗人赵作胤带着整个诗社应征，枌榆诗社社长渠芳慧一次就向网站投了几十首精选作品；另一位辽宁诗人宋常之干脆就把整个本溪诗词学会动员起来了……虽然这些应征作品，水平不一，风格纷繁，但有一点却是一致的，它们给创作者和读者都带来了快乐。

这些创作实例说明，在文化日益多元的今天，人们对待诗词文化的心态也更加包容，诗词正以一种前所未有的姿态，流进日常生活的方方面面，美化着我们的人生，洗涤着我们的心灵。

中华诗词研究院

2017 年 10 月

图书在版编目（CIP）数据

“毕业季·诗歌季”作品选 / 中华诗词研究院编. — 北京：中国书籍出版社, 2018.6
ISBN 978-7-5068-6909-6

Ⅰ.①毕… Ⅱ.①中… Ⅲ.①诗集—中国—当代 Ⅳ.①I227

中国版本图书馆CIP数据核字(2018)第120797号

“毕业季·诗歌季”作品选

中华诗词研究院 编

责任编辑 李国勇 吴秋野
责任印制 孙马飞 马 芝
封面设计 东方美迪
出版发行 中国书籍出版社
地　　址 北京市丰台区三路居路 97 号（邮编：100073）
电　　话 （010）52257143（总编室） （010）52257140（发行部）
电子邮箱 eo@chinabp.com.cn
经　　销 全国新华书店
印　　刷 三河市顺兴印务有限公司
开　　本 710毫米 × 1000毫米 1/16
字　　数 254千字
印　　张 20.75
版　　次 2018 年 6 月第 1 版 2018 年 6 月第 1 次印刷
书　　号 ISBN 978-7-5068-6909-6
定　　价 59.00元
